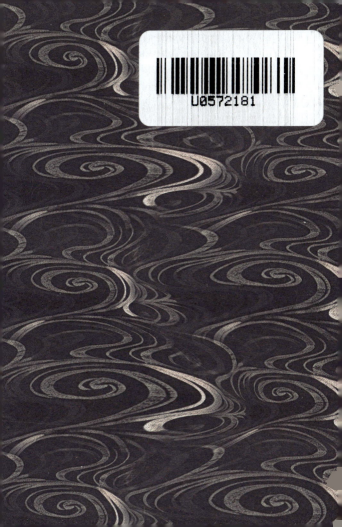

U0572181

半七捕物帐

牵牛花鬼屋

はんしち
とりものちょう

[日] 冈本绮堂 著

陈雅婷 译

北京联合出版公司

图书在版编目（CIP）数据

牵牛花鬼屋 /（日）冈本绮堂著；陈雅婷译.
北京：北京联合出版公司，2024. 9. --（半七捕物帐）.
ISBN 978-7-5596-7726-6

Ⅰ. I313.45

中国国家版本馆 CIP 数据核字第 202480BG12 号

半七捕物帐：牵牛花鬼屋

作　　者：［日］冈本绮堂

译　　者：陈雅婷

出 品 人：赵红仕

责任编辑：牛炜征

封面设计：吴黛君

北京联合出版公司出版

（北京市西城区德外大街83号楼9层 100088）

北京新华先锋出版科技有限公司发行

大厂回族自治县德诚印务有限公司印刷　新华书店经销

字数1284千字　787毫米×1092毫米　1/64　47.25印张

2024年9月第1版　2024年9月第1次印刷

ISBN 978-7-5596-7726-6

定价：298.00元（全十册）

01

春雪的吊唁

一

"若你喜欢戏曲,应该知道河内山的狂言[1]吧。花魁三千岁去入谷别庄疗养时,情郎直侍[2]偷偷前

---

[1] 河内山的狂言: 指歌舞伎狂言《天衣纷上野初花》。河内山,即江户时代后期的一名司茶和尚河内山宗春,德川幕府第十一代将军德川家齐在位时在江户城的西之丸侍奉,是个常行欺诈、恐吓等行为的恶德无赖,后被捕并死于狱中。他常出现于歌舞伎剧作品中。狂言,由猿乐发展而来的日本传统曲艺,是升华了的猿乐的滑稽味的笑剧。狂言一般穿插在能剧之间表演,广义上来说是能乐的组成部分之一。它与能剧不同,是一种简短即兴的喜剧,内容一般取材于民间,语言则大量运用民间俚语,因常常运用讽刺的手法尖锐抨击武士或者贵族,故而更受平民欢迎。

[2] 直侍: 片冈直次郎。江户时代后期真实存在的一个恶徒、无赖。文政六年(1823)与同伴河内山宗春一同被捕,此后河内山死于狱中,直次郎则在翌年被逐出江户。八年后他因反复恐吓行为再度被捕,于天保三年(1832)在小冢原刑场受死刑。

来相会。那首清元[1]小调叫什么来着？对了，叫《忍逢春雪解》。我每次看这出狂言时都会想起一件事。"半七老人继续说，"当然，那件事情的走向其实与戏里完全不同，不过舞台都是在入谷的田圃。春雪霏霏之时，一个推拿师如松助[2]扮演的丈贺[3]一般戴着头巾出场……那场面的意境实在太像了，你且听我说说吧。不过我这只是没有伴奏的单口相声，比不得滨町那些唱曲太夫的好嗓子，故事讲得大抵没什么妙趣就是了。"

---

[1] 清元：清元节。日本三味线音乐，净琉璃的一种，由初代清元延寿太夫冈村屋吉五郎于公元 1814 年始创，主要用于歌舞伎剧或歌舞伎舞蹈的伴奏音乐。清元小调音乐风格抒情妖艳，唱腔悠长而婉转。叙事少有豪壮而多潇洒清丽，多用高音。

[2] 松助：尾上松助。歌舞伎演员称号。此处应指第四代尾上松助，活跃于明治、大正时代，饰演的配角经常比主角更有存在感。

[3] 丈贺：《天衣纷上野初花》中出场的一个配角推拿师，帮助直侍给三千岁送信，正是尾上松助的名作之一。此幕被单独称作"雪暮夜入谷畦道"，配曲便是清元小调《忍逢春雪解》。

庆应元年（1865）正月底，半七自神田去下谷 [1] 龙泉寺前办事，七刻半（下午五时）左右才从对方家中出来，归途中天已暗了下来。眼下虽已是春季，但日头尚短，加之今日一早天就灰蒙蒙的，总笼着一层昏暗的寒影，仿佛下一秒便会飘飘扬扬下起白雪，让人感觉今天的日暮来得尤其早。对方本想借半七一把伞，但半七看了看天色，觉得自己应该能撑到回家，便拒绝了好意，将手笼在怀中离开了。行至入谷田间时，眼看着空中已飘起鹤羽一般的白影，半七就拿出手巾蒙住两颊，顶着掠过田圃的寒风前行。

"喂，德寿大哥，你可真是个死脑筋，我让你过来一下……"

因听见了一名女子的声音，半七不经意地回头一望，只见一处布局风雅、状似别庄的屋舍大门前，一个年纪二十五六、帮佣打扮的俊俏女人

---

[1] 下谷：江户时期地域名，大致包含今东京都台东区西半部范围，旧东京市下谷区。

正扯着一个推拿师的袖子，想将他硬拉回来。

"阿时姑娘，不行呀，我已在游郭里有约了，眼下就要过去，你就饶我这一回吧。"说着，推拿师便甩开袖子想逃，但又被阿时拉了回来。

"那可真叫我为难。推拿师虽然有很多，可我家花魁偏爱找你，其他人她都不要。你若是不跟我来，我可真犯难啦。"

"多谢花魁赏识，我素来非常感激，可今天真的早就约好了，没法跟你走……"

"胡说，这阵子你每天都这么说。你以为花魁和我会相信？别磨蹭了，快跟我来吧。你这人真叫人焦心。"

"可是真的不行呀！唯独今天，真的请放过我吧！"

两方都很固执，看来事情一时解决不了，但这也不是什么特别有趣的事，半七随意一听也就路过了。雪好像只是下个样子，待半七到家时已经停了。之后天又阴了两日，到第三日，半七不得不再次前往龙泉寺前办事。

"今儿看着是真要大下一场。"

半七把伞带上了，之后果不其然下起了大雪。半七踏上归途时已过七刻（下午四时），入谷的田圃已是一片雪白。他撑着重重的伞，又经过上次的别庄时，脚下矮齿木屐的鞋带忽然断了。半七咂了声嘴，靠着外墙修理鞋带，此时忽然传来踏雪的木屐声，只见前阵子那女子踩着踏石从门里出来。

"呀，不知不觉都积雪啦。"

她嘟嘟囔囔地站在门口等人。由于没拿伞，她站了没一会儿就受不了头上落的雪，转身又回屋去了。

半七的手指冻僵了，花了好一阵才穿好带子。待他跐好木屐，抓起一团雪揉搓满是污泥的双手时，前阵子见过的推拿师轻车熟路地疾步而来。那女子大概是听见了木屐声，迫不及待地从屋里冲了出来。许是方才吃了教训，这回她头上半撑着把伞。

"德寿大哥，今儿定不会再让你逃了！"

推拿师闻声，貌似有些惴惴地停下了脚步，

接着又开始找借口想走，又被女子拉回来。如此拉扯屡次上演，半七也觉得有些奇怪，于是又脱下已经修好的木屐假意摆弄着，余光偷偷观察事态发展。只见推拿师今日也强硬地拒绝女子，逃也似的离开了此地。

"真是个不开窍的！"

女子嘀嘀咕咕地返回屋里。半七目送她离去的背影，接着朝推拿师的白色伞影追去，追出五六间距离，从背后搭话道：

"喂，推拿师，德寿大哥。"

"是，是。"

推拿师听见陌生的呼唤声，疑惑地脚下一顿。半七立刻打着伞与他并排而立。

"德寿大哥，今儿天真冷。这雪一个劲下个不停。我好像在游郭里麻烦过你几回？记得吧？就前阵子在近江屋二楼。"

"原来是这样……瞧我，年纪大了，记性也越来越差，每每在老主顾面前失礼，真对不住。老爷，您这是要去游郭？如此雪夜光临游郭真是别有一番风味呀，所谓'若把伞雪比私财，重若千钧犹是轻'[1]嘛，哈哈哈……"

德寿圆滑地顺着话接了下去，也不知他识没识破半七的信口开河。

"今日着实冷得很。"

"这两日又回寒了。"

"后头这田埂路可就不好走喽！怎么样？不如去那边吃碗荞麦面，暖暖身子？你也来吧。如今去游郭还有些早吧？"

"好，好，承蒙招待。虽然我不常喝酒，但会喝酒的人若不来上一杯，要穿过这片田地恐怕有些费劲。好，好，那就多谢您了。"

两人往回走了一町有余，半七撩起一家小荞麦面馆的门帘走进去，德寿则拍下头巾上沾的雪，很冷似的挨在老旧的方火炉边。半七要了碗加料

---

[1] 原句"我が物と思えば軽し傘（笠）の雪"为日本谚语，由江户中期著名俳人宝井其角的俳句"我が雪と思へば軽し笠の上"演变而来，字面意思为"若将落在斗笠上的积雪当成是自己的东西，那就会觉得它很轻"，比喻从事困难之事时，若将其想成是为了自己，就不会感到辛苦了。

的荞麦汤面和一盅酒。

"这是加了贝柱吧？江户荞麦面的配料就属它最好啦。不过海苔的味道也不错。"德寿满面笑容，喜笑颜开地嗅着荞麦面热气腾腾的气味。

荞麦面老板娘点亮门口的座灯，隔着门帘便能看见外面大如花瓣的雪片在朦胧的灯光下扑簌飘落。酒饮到大约一半时，半七说道：

"德寿大哥，你方才跟人说话时的那处宅子是哪家的别庄？"

"您那时也在附近？我完全没注意。哈哈哈——那宅子呀，是游郭里一家叫辰伊势的妓馆的别庄。"

"我看她们一再叫你进去，你却一个劲想逃？既然那是游郭别庄，对你来说岂不是个大主顾？"

"这位老爷，那个地方委实不太对劲。不，倒不是说那里不给工钱。只是……怎么说呢，那地方让人不舒服。"

半七搁下递到嘴边的酒杯：

"让人不舒服……怎么说？不会是闹鬼吧？"

"是啊……虽然没有闹鬼的传闻，可我总觉得阴恻恻的……她们一招呼我进去，我就寒毛直竖，只得赶紧拒绝逃开。"德寿用手背擦着鼻头的汗说。

"这倒是奇怪。"半七笑道，"那儿究竟哪里让你不适？我想不通。"

"我也想不通，就好像有人当面浇了我一盆冷水，浑身起鸡皮疙瘩。我眼睛瞧不见，因此也说不上来，只是觉得……身旁好像坐着什么古怪的东西……着实吊诡。"

"那别庄里住着谁？"

"是个叫谁袖的花魁，二十一二岁，正是最能赚钱的年纪。听说模样长得极为出挑，去年霜月 [1] 时找了个借口便去那别庄里疗养了。"

"年末至开春都不接客，看来病得不轻哪。"

德寿却说好像并非如此。当然，他是盲人，不知内情。据他所言，那花魁只是恹恹地病着，每天睡睡醒醒而已。话虽如此，半七仍不明白那

---

[1] 霜月：日本旧历十一月的别称。

辰伊势的别庄为何如此让德寿毛骨悚然。德寿吃完荞麦面，说自己吃饱了，但半七硬帮他叫了第二碗面，将他留下，打算边饮酒边慢慢打听详情。

"此事我也不知该怎么说。"德寿皱着眉头轻声说，"唉，老爷，你且随意听听吧。我被带进内室为花魁揉肩时——大抵都是在夜里或傍晚——总觉得有人来到花魁身边坐下……不，不是跟在花魁身边学接客的小雏儿或婢女们。若是她们，多少会开口说句话。那人却自始至终未发一语，整间屋子里一片死寂，直让人心里发凉。换句话说，那感觉就像幽灵出现，却一声不吭……我浑身起鸡皮疙瘩，无论如何也忍受不了。正因如此，虽对不住那里的婢女阿时姑娘，但这段时日我还是毫不犹豫地甩开她，赶紧逃开……唉，事到如今，少一家主顾就少一家吧，没办法。"

听了盲人推拿师这一席似是而非、模棱两可的奇怪发言，半七也沉默着陷入思索。天色已晚，雪却没有停下的意思。飘扬的雪片宛若飞花，时不时钻过门帘，飞落在昏暗玄关内的泥土地上。

二

　　虽然此事出自盲人之口，也没有确凿证据，半七却无法只将它当成一桩奇谈听过就罢。他决定查明这场怪事的真相。当晚与德寿分别后，半七径直回了神田家中。第二天，他遣人叫来了住在浅草马道的小卒庄太。

　　"喂，庄太，虽然说游郭是浅草田町[1]重兵卫的地盘，但有件事我想插插手，你帮我辛苦一趟。江户町[2]应该有家叫辰伊势的妓馆。你去查查里头那个叫谁袖的妓女。"

---

　　[1] 浅草田町，位于今东京都台东区浅草五丁目，西北方不远就是吉原游郭。

　　[2] 江户町：原本旧吉原所在的本柳町一、二丁目俗称"江户町"，但在吉原移至新吉原后，便有了"新吉原江户町"的正式町名，在如今东京都台东区千束四丁目一带。

“听说谁袖去入谷别庄了。”庄太一脸了如指掌的表情。

“就是要你去查这个。有些地方让我想不通……总之你去查明白那女子有没有情郎，是否遭人怨恨。还有，我想你应该不会出错，但记得把辰伊势的内幕也摸清楚。”

“明白了，两三天内一定查清。”

庄太保证后离开。结果都过了四五日，庄太仍然不见踪影。半七虽然疑惑庄太究竟在做什么，但此事也不急在一时，他也就没有理会。到了二月初，庄太忽然来了。

“头儿，抱歉耽搁了，其实这阵子我家小鬼出了麻疹……”

“这可不得了。严不严重？”

“幸好不太严重。”庄太说，“头儿，之前辰伊势的事，我大致查了一遍。”

据庄太报告，辰伊势在江户町的生意原本做得很大，但据说安政大地震时，那里的老板将馆里的妓女都锁在地窖里，导致她们都被活活烧死。

打那之后，辰伊势便开始频频遭灾，生意也日渐败落。不过它在吉原是家老铺，也有其他地产和外租房产，因此场面还撑得住。辰伊势如今的东家是老板娘阿牧，带着今年二十岁的儿子永太郎。阿牧和去世的老板不同，心地仁慈，口碑也不差。谁袖是馆里排行第二的名妓，大约在去年二酉市集[1]闭市之后住进入谷别庄疗养。她身为女子却爱酗酒，因此有传言说她是被酒毒攻心。人牙子说，谁袖今年二十一，出身下谷金杉[2]。

"哎呀，辛苦你了，这下大致弄清了情况。"半七点头道，"那么，她有没有情郎？既然她是名妓，总该有些艳闻吧？"

"这点好像不太清楚……当然，她熟客很多，但听说她八面玲珑、长袖善舞，连馆里人都不知

---

[1] 二酉市集：浅草鹫神社于每年十一月逢酉日举行大祭，称为"酉市"，为关东三大酉市之一。十一月的第二个酉日举行的酉市称为"二酉"。酉市上分发一种竹耙形御守"开运熊手守"，传闻能够聚福，能护佑民众开运、生意兴隆。

[2] 下谷金杉：指旧下谷金杉町，今东京都台东区三轮一丁目、龙泉二丁目。

道究竟谁才是她的情郎，我也难以查出。"

光凭这些信息，半七也无法下判断。

"今儿我媳妇儿不在家，改日再去你家探病。小孩子生病着实头疼，这些你先拿着吧。"

半七给了庄太一些钱，留他吃午饭。庄太欣然应允，留下来吃了鳗鱼饭，席间他又说道：

"虽然和辰伊势的事无关，但有个也来自金杉的姑娘每晚都在吉原卖卦签。听说她年纪十六七岁，长得好看，说话声音也好听，在游郭里也很出名。许多人也不买东西，就专程跑过去看她，热闹得很。不知为何，她去年年底忽然不见了踪影，于是就有好事之人七嘴八舌地议论，不知究竟出了何事。那些人就猜她大概是有了情郎，和人私奔了。田町的重兵卫许是得了什么线索，听说正让手底下的人找那姑娘的下落呢。"

"是吗？"半七思忖道，"竟还有这样的事。我一点也没听说。毕竟是自己的地盘，重兵卫眼睛倒是尖。那卖卦签的姑娘长得很漂亮？十六七岁……嗯，这年纪确实容易出事。她叫什么？"

"听说叫阿金。头儿，您想到什么了？"

"虽然没法确定，但的确有些想法。唉，就做好白跑一趟的准备，走一趟金杉吧，也辛苦你陪我跑一趟。"

"是。"

午饭后，两人立刻前往金杉。今日天气晴朗，上野[1]的森林上空流动着浅红的雾霭。

"谁袖家也是在金杉吧？"半七中途问道，"咱们先去哪家？罢了，还是先从卖卦签的姑娘入手吧。知道那个叫阿金的姑娘家在哪儿吗？"

庄太说不知道。看来要耐心打听了。二人做好心理准备，在和煦的日光下信步往金杉方向走去。不多时，半七好像发现了什么似的，忽然停住了脚步。

"喂，德寿大哥，你怎么了？"

推拿师德寿拄着盲杖思考了一瞬，听觉敏锐的他并未忘记此前与他在荞麦面馆里闲聊的半七

---

[1]上野：旧下谷上野地区，今东京都台东区上野。

的声音。德寿一再感谢半七那时请他吃面。

"今儿天气好，真是太好了。老爷，您今日上哪儿去？"

"正好碰见你。你好像也住这一带？认不认识这里有个叫阿金的卖卦姑娘？"

"认识。阿金本是我邻居，但去年年底不知道去哪儿了。"

"就算本人不在，总有父母兄弟吧？总不会只是孤单一人。"

"这个嘛，老爷，此中有内情。"德寿意味深长地说，"阿金家就她与兄长二人，兄长寅松是个爱赌博的混子，阿金失踪后半余月，他也趁夜色摸黑溜走了。听闻寅松是在赌坊与人争执时伤了人，演变成麻烦事，这才不得已逃遁了。因此他俩家中现下已经空了，听说两三天内便会有旁人搬进去。"

半七心想，田町的重兵卫盯上的恐怕不是阿金，而是寅松。半七又问德寿：

"如今住在辰伊势别庄里的谁袖姑娘也家住金杉一带吧？你可知道她家？"

"知道。花魁谁袖姑娘也出身金杉，听说也在阿金家附近长大。她父母都已去世了，如今也是无迹可寻。"

如此，所有线索都已断绝，半七感到很失望。但他仍不死心，想在这推拿师身上寻出些线索。自古以来，若没些毅力，是做不来捕吏这行的。

"我说，德寿大哥，照我上回听见的，那位叫谁袖的花魁可对你偏爱得很，都不愿找其他推拿师呀。我这话或许问得奇怪，可你为何如此得花魁的喜爱？不光是因为你推拿手法好吧？是不是还有别的原因？"

"那当然。"德寿扬扬自得地笑道。

半七与庄太对视一眼，接着不知想到什么，从钱夹里拿出一分银子塞进德寿手里说想借一步说话，接着将他带到了左侧巷子里。三人在柳原家 [1] 别宅和安乐寺之间穿过，前方豁然铺开一大片

---

[1] 柳原家：由藤原北家的支流日野家分流的公家名门。柳原家在幕末至明治维新时期人才辈出，于明治时代承"伯爵"爵位。

农田。见这里除了田边小水沟旁有个孩子在抓泥鳅外并无他人，半七再度开口问道：

"你最好不要再隐瞒了。虽然不想说这些来煞风景，我怀里其实揣着捕棍呢。"

德寿闻言陡然变了脸色，脊梁如负重物一般垮了下去，哆哆嗦嗦地回答自己将知无不言。

"那你老实招来。其实是谁袖委托你帮她秘密传信吧？"

"小的惶恐。"德寿闭上盲眼垂首道，"头儿明察。"

"对方是谁？"

"是辰伊势的少爷。"

半七与庄太面面相觑。

三

德寿的供词如下。

谁袖自前年秋季开始便与少东家永太郎幽会。由于游郭严禁妓女与自家馆里人发生关系，此事若被人知晓会引来麻烦，故而谁袖便借口养病去了入谷别庄疗养，永太郎则暗中前去相会。辰伊势与一般商家不同，女主人阿牧宅心仁厚，加之谁袖是名妓，辰伊势也就没有为难她，让她去了别庄。此事只有帮佣阿时知晓，一点风声也未漏至外界。

少爷永太郎还未正式继承家业，自然不能经常擅自离店在外，因此谁袖住进别庄后也无法每日与之幽会。然而女人急不可耐，只要男子两日不露面，她便要遣人送信叫他出来。帮忙送信的便是德寿。如此也难怪谁袖会照应他了。

"既然她那么照顾你，为何你不肯进别庄？"半七又问，"难道是怕日后会惹上祸端？"

"也有这个原因……但那里的老板娘是个心善的，倒也不用太担心……只是我前阵子也说了，我一进那别庄坐在花魁身边，就会莫名起鸡皮疙瘩，实在忍受不了。至于为何会如此，我也摸不着头脑。"德寿一脸不解。

"辰伊势最近可有姑娘过世？"

"没听说。大地震时好像死了不少，但之后似乎没人去世。毕竟与过世的老板不同，老板娘和少爷都是好人，没传出苛待馆里妓女的风声，也没有妓女殉情。"

"好，我明白了。今天的事不得透露给其他人。"

半七封口过后便与德寿分别了。

"看来必须找到寅松那小子了。"

半七造访寅松兄妹曾居住的后巷长屋，见到了房东。房东也不知这对兄妹的去向，不过有传言说，去年临近年关时，寅松曾悄悄回来，往附近的寺里捐了些香油钱。闻言，两人立刻前往那座寺院。寺中人原本支吾搪塞，最终还是坦言，寅松曾在去岁腊月十五忽然出现，捐了五两金子。

"虽然寅松的爹娘就葬在寺中，但两位也知他平素游手好闲，因此他虽身在附近，盂兰盆节与岁暮时从来拿不出多少香油钱。这回也不知怎的，他竟突然造访，前所未有地搁下五两金子，请我们做功德回向给父母。"住持一脸稀奇地说，"接着他还说，妹妹也在前些日子不知去了哪里，便想将她的离家之日当作她的忌日，请我们回向功德[1]……我应允后，寅松大为欣喜，向我道谢后就离去了。"

出了寺院，庄太低声说道：

"寅松那小子很可疑啊。"

"嗯，看来必须把他逮住。既然他好赌，应当有赌友，你寻个法子跟他们打听出寅松的下落。"

---

[1] 回向功德：修行中，修行者不愿独自所修的功德，而是选择与他人同享，以拓开自己的心胸，并且使功德有明确的方向而不致散失。

"好，我一定设法寻出来。"

"交给你了。"

两人约好之后便分开了。翌日，半七的妻子前往马道庄太家探病，发现孩子的麻疹竟恶化了，庄太夫妇腾不出手来做其他事。半七听罢暗想，寅松之事恐怕一时不会有进展。果不其然，此后庄太一直未曾露面。到了二月，天气一直晴朗和煦，给人以阳春已至的错觉，岂料四五日后的傍晚忽然倒了春寒，半夜还下起了雪。半七清晨起床一看，外头已是纯白一片。

"一场春雪罢了，不碍事。"

没过多久，雪便停了。四刻（上午十时）左右，雪水自屋檐滴落的声音响个不停。这两三日无甚事务，半七吃过午饭便出了家门。他想着不能一直干等庄太的消息，于是踏着雪融后的泥泞路去了金杉，来到德寿家，小声唤他出来。德寿很快便出现了。

"眼下路不好走，委屈你了，能否跟我去一趟之前谈话的地方？我牵着你走。"

"哪里的话，不碍事的。"

两人再次穿过大宅与寺院之间，站在仍留有残雪的田间小径上。

"开门见山，那次之后，你有没有再去过辰伊势别庄？"半七问。

"怎么会呢？"德寿摇头道，"而且阿时姑娘好像也放弃了，如今也不再强拉我进去，万幸万幸。还有，我听辰伊势的人说，阿时姑娘已经被解雇了。不过她似乎不肯走，听说辰伊势内部正扯皮呢。"

"那个叫阿时的女人住在哪儿？"

"好像在本所，我也不太清楚。"

"是吗？路这么难走还叫你出来，我也是秉公办事，还请你见谅。"

送走德寿后，半七思索半晌。虽然各种线索不断聚集，可他依旧没能从中推演出结论，也没能明确自己究竟在调查什么。起初以推拿师拉拉杂杂的话为线索打探辰伊势别庄内幕，谁知竟牵出了卖卦姑娘的私奔事件。这两者之间究竟是有所关联还是毫不相关，眼下仍不能分辨，甚至费尽心力调查的这许多细节，之后究竟能生出多大的效果也未可知。半七此举并非仅出于好奇心，而是不想中途弃此事于不顾，而且他总觉得此事背后藏有什么不为人知的内幕。

"就当白折腾这一回了，再多深挖一点吧。"

他去上野山下[1]办过事之后，本想直接回家，却又改变主意来到了入谷田圃。刚下过雪，天气冷得刺骨，半七到达田圃时天已全黑了。半七提着已派不上用场的伞，深一脚浅一脚地走在雪融后的泥泞路上，来到辰伊势别庄跟前。此时，一名女子从门中出来，虽然看不清面容，但看那身打扮应该是阿时。半七立即跟上，只见她进了半七前阵子造访过的那间荞麦面馆。

半七料想对方不会认识自己，过了一会儿也掀开门帘进了面馆。狭窄的馆子里，除了阿时还

---

[1] 上野山下：指增上寺黑门前的町人聚居区上野广小路一带，即今东京都台东区上野二丁目、四丁目附近。

有一个男子。男子身穿外邦传入的高级棉质短褂，腰扎平缝窄腰带，半七一看便知他不是正经人。男子二十五六岁，肤色浅黑，是个地道的江户人。他好像是专门在此等候阿时的，眼下正与她面对面坐着饮酒。半七寻了个角落坐下，随意点了些饭食。

男女两人虽都用余光撇着半七，但似乎并未过多在意，只是亲密地将手靠在火盆边取暖，不断小声交谈。

"事已至此，已没有办法了。"女子说。

"难道我不出面，这事就没完了？"男子说。

"若再磨磨蹭蹭的……万一他俩真的殉情，咱们可就前功尽弃了。"女人低喝道。

之后的话就听不清了，但听见"殉情"二字，半七不禁心下振奋，猜想应该是谁袖想要殉情。

事件逐渐错综复杂，半七竖起耳朵凝神静听，但两人的谈话似乎越发缜密，女人的声音越说越低，连不远处的半七也未能听见分毫。半七忍下心中焦躁，只是注意着事情的发展。最终，两人似乎商定了策略，付钱离开了。

待两人走后，半七也站起身，付账时向看店的女人打听道：

"老板娘，刚才出去的是辰伊势别庄的阿时姑娘吧？"

"正是。"

"与她一道的男子是谁？"

"那人叫阿寅。"

"阿寅。"半七眸光一闪，"是不是叫寅松？就是那个卖卦姑娘阿金的兄长……是吧？"

"您知道得真清楚。"

半七瞬间来了精神，与老板娘客套了几句便急忙走出面馆，就着残雪的反光隐约瞧见两人并排走在唯一一条大道上的背影。半七注意着脚下，小心翼翼地沿着雪融后的泥泞路，萝卜拔泥一般往前走，只见前头二人的身影停在了辰伊势别庄前，大概又窃窃私语了一阵才分开，女人消失在别庄大门内。

四

半七正观望着那男子接下来的举动，便见他转身打算往来时的方向走，正好与尾随他而来的半七打了照面。男子与半七擦肩而过，后者追上去叫住他：

"喂，这位小哥，阿寅小哥！"

寅松沉默地停下脚步。

"我说，许久不见了，你躲哪儿去啦？"半七许亲昵地攀谈道。

"你是谁？"寅松在昏暗天光下警惕地打量着半七。

"我是谁不重要。咱们在孔雀长屋二楼见过两三回。"

"胡说。"寅松防范地问道，"你这厮，方才也在那边的荞麦面馆里吧？我说怎么看你总觉得不对劲。没见过田町重兵卫手底下有你这号人，但我也不是你们能欺负的。想抓我，叫重兵卫亲自来！"

"小哥，你倒挺会摆威风。"半七冷笑道，"罢了，总之你乖乖跟我来一趟。"

"想得美！这回若去了传马町[1]，我就完了！这次定不会栽在你这样的小喽啰手里！想用粘竿[2]捕孔雀，不自量力！想抓我？先把捕棍和捕绳亮出来再说！"

对方硬是不从，半七有些招架不住。事已至此，看来免不了要拳脚比试一番了。虽然刚下过雪有些麻烦，但抓一个游手好闲的混子应该不难。半七打算直接动武，将他带走。

"喂，阿寅，对你这种吊儿郎当的浑人，我本懒得脏了自己的手。我好声好气地与你说，你还

---

[1] 江户时代传马町设有收容犯人的牢狱，类似于收容死囚的看守所。传马町大牢的一部分如今是东京都中央区立十思公园。

[2] 粘竿：一种一端涂胶的竹竿，用来粘小鸟、昆虫。

没完了。我还真揣着办差用的捕棍，等我绑了你再让你开开眼。来，动手吧！"

说着，半七前踏一步。寅松见状立刻后撤一步，将手伸进了怀里。敢在捕吏面前挥刃的都是外行，半七立刻了然对方只是嘴上逞凶，实际不值一提。

然而外行人反而危险，半七于是大喝一声，吓吓他的胆子。

"寅松，你被捕了，束手就擒吧！"

正当此时，有人悄悄自半七背后接近，用双手蒙住他的眼睛。意外突生，半七慌了一瞬，但立刻凭触感察觉到这是一双女人的手。既是女人，那一定是阿时了。半七沉下双肩，抓住对手的手腕用力将人往眼前一摔，岂料寅松已趁机跳过倒地的女人，持刀刺了过来，手上的匕首闪着寒光。

"你被捕了！"半七又喝道。

寅松的匕首向空中挥刺两三次，身子左右摇晃期间，右手拿着的匕首已被半七打落，左手则被绑上了捕绳。意识到对方并非等闲之辈，寅松立刻求饶道：

"头儿，是我有眼无珠！此番惊扰了您，我给您赔罪！求您饶了我吧！"

"如今我告诉你，我是神田的半七！"半七报上名号，"在这路上不好办事。喂，阿时，你也脱不了干系，带我去你主家！"

半七押着全身是泥、从地上爬起来的阿时和绑了捕绳的寅松进入辰伊势别庄，只见一个小丫鬟哭着从里头跑了出来。

"少爷和花魁他们……"

屋里的六叠房间内屏风倒立，辰伊势的儿子和谁袖已用剃刀刺颈而亡。

"当时我也是惊慌失措。"半七老人说，"这才刚从阿时口中听见'殉情'二字，怎么也想不到他们的动作会这么快。总而言之，这一头出了两个被捕的犯人，那一边又有两具尸体要验，辰伊势庄里真是人仰马翻。流言已传遍了大街小巷，门前直至深夜还挤满了人。"

"辰伊势的儿子和谁袖为什么要殉情？这事与阿时和寅松又有何关系？"

我对这其中的缘由仍然一头雾水。于是半七老人越发详细地解释道：

"那个谁袖杀了人，卖卦姑娘阿金便是她杀的。至于原因，我前头也说了，谁袖与少东家永太郎有了私情，而且并非为了拿回卖身契，是确确实实为男人动了心。此后也不知怎的，那永太郎竟又与那个有名的卖卦姑娘搞在一起了。谁袖得知消息后，悔恨交加……风尘女子嫉妒起来比旁人更甚一倍，着实可怖。谁袖指使她的心腹婢女，在阿金夜半自游郭归来时强行将她拉进别庄，对她毫不客气地恶语相加，之后又虐待了她一番。她对着阿金又抓又打，最终用自己的细腰带将她勒死了。婢女阿时怎么也没想到事情竟会变成这样，一时惊惧不已，但她是个精明的，而且和阿金游手好闲的兄长寅松有苟且。"

"孽缘情债真是不可思议！"

"所以阿金是认识阿时的，这才疏忽大意被拉进辰伊势别庄，遭了大难。接着，阿时将阿金的兄长寅松叫来，说明一切后与他商量该如何善后。寅松虽吃了一惊，但他生性是个坏坯，既然是情人的请求，加之听说私下了结可以拿到一大笔钱，他二话不说便同意了，压根儿没有为妹妹报仇的想法。于是，众人在别庄地板下挖了个深坑，悄悄埋了阿金的尸体，彼此佯装不知。听说阿时给了寅松一百两金子封口。"

"那钱是打哪儿来的？"我刨根问底道。

"是永太郎出的。"半七老人说，"第二日，谁袖就叫来永太郎，向他坦白了一切，然后说自己因心中不甘而虐杀了阿金。接着，她与永太郎促膝谈判，说若他觉得那样不对，那自己随他处置。永太郎听罢面色煞白，吓得哆哆嗦嗦。然而此事自己也有过失，加之事情闹大会连累辰伊势的声誉，永太郎最终只得乖乖听从谁袖的吩咐，拿出一百两金子私下摆平此事。然而，所谓悖入悖出，寅松将那一百两金子大多输在了赌桌上不说，又在盂兰盆节时与人起了争执，动手伤人，导致他再也无法在当地混下去。此时，也不知道是他终于觉得内疚，还是觉得到底兄妹一场，总之他在兜里还有些钱时造访许久没来的自家菩提寺，没头没尾地撂下五两金子做功德回向妹妹。之后，他去草加[1]躲了一月有余。可江户人到底吃不惯大米搅大麦做的麦饭，因此他又偷偷潜回江户，偶尔问阿时强要些钱，游手好闲度日，结果被田町的重兵卫盯上，与阿时的私情也暴露了。重兵卫觉得辰伊势到底是自己地盘内的商家，不想在抓人时牵扯到辰伊势，故而私下叮嘱辰伊势尽快解雇阿时，岂料这反而引发怨怼……"

"阿时不肯走？"

"她自然不肯老实离开，毕竟她抓着永太郎和谁袖的把柄。她说至少要给她二三百两，否则绝对不走，如此一再勒索二人。永太郎一个还未继承家业的嗣子，根本拿不出那么多钱。谁袖也

---

[1] 草加：今埼玉县东南部的草加市。江户时代是武藏国足立郡的奥州街道、日光街道宿场町之一。

曾几次被阿时勒索，就算将身上的皮扒下来也凑不出那么多钱。在两人束手无策的同时，对此一无所知的辰伊势老板娘唯恐受到牵连，一个劲想要尽早辞退阿时。阿时叫来情郎寅松助阵，暗中威胁永太郎和谁袖，说如果他们不肯答应自己的条件，那就别怪他们不客气地告发阿金被杀一事。事到如今已回天乏术，谁袖与永太郎决定一起赴死。阿时隐隐有所察觉，知道如果当真让两人殉情，自己的打算便会功亏一篑。于是，她说动寅松去辰伊势的账房闹事勒索，岂料未及行事便被我抓获。谁袖终归是没有活路的，此番殉情而死或许下场还更些。可怜永太郎，原本就算被捕也罪不至死，可惜我去晚一步，着实可怜。"

如此，辰伊势的秘密已然真相大白，但我心中还有一个疑问。

"这么说，那个叫德寿的推拿师当真一点都不知情？"

"德寿是个实诚人，只帮谁袖递过信件，其他一概不知。"

"那德寿究竟为何那么抗拒去辰伊势别庄？说什么谁袖身边坐着人，他一个盲眼汉是如何感觉到的？"

"这我也猜不透。这些复杂的理由，你懂的应当比我多吧？辰伊势别庄的地板下可埋着死尸呢。"

除此之外，半七老人再不肯多说一句。我将这个故事命名为"春日雪融时"[1]，单纯是模仿老人的口吻。我总觉得，这个故事的真相比直侍与三千岁之间单纯的爱情故事幽暗、恐怖得多。

---

[1] 本篇原标题为"春日雪融时"，现标题经编者加工修改。

02

浮世绘与水獭

一

　　若以旧时歌舞伎剧本的笔调来描述，此时应是这样的场景：舞台正面立着朱红的仁王门，门内遥遥可见浅草寺，赏心悦目的位置上立有银杏树，营造出浅草公园商店街的场景。接着，浅草公园六区戏棚里的锣鼓声响起，舞台开幕。此时，一位老人出现在舞台右手边，仿佛刚从弁天山的冈田菜馆里出来似的，慢悠悠地走来。舞台的左手边则出现了一个青年。两人在仁王门前相遇，彼此寒暄问好。

　　"哟，你这是……赏花吗？"

　　"没什么特别的事……就是看天气好，出来散散步而已。"

"是吗？我是去桥场[1]扫墓……若不每月去看她一次，泉下的老伴会孤单的。她在世的时候，我俩的感情可好得很哩！哈哈哈——话说回来，吃午饭了吗？"

"吃过了。"

"那这样吧，你若没别的事，我们就往向岛[2]方向走走……我也正好想散步、消消食……"

"好啊！我陪您一起走吧。"

这看似有些狡猾的青年跟在老人后头，心里暗暗想道，早知如此，自己应该把记事本带来。此时，锣鼓声又起，舞台布景旋转变换，眼前的场景变为了向岛堤坝。正面是隅田川对岸的远景，岸边则是长出嫩叶的樱树，水浪声隐隐传来，时下流行的曲调响起，布景停止旋转。这时，之前的老人和青年再度于舞台左手边出现，惊诧于樱

---

[1] 桥场：旧江户浅草桥场町，位于浅草寺东北方向的隅田川岸边。今为东京都台东区桥场。

[2] 向岛：旧江户向岛区域，位于浅草寺东边隅田川对岸，即今东京都墨田区向岛地区。

花不知何时已经凋谢，旋即又说起"至少人不多"等台词，两人就这样慢悠悠地走向舞台右侧——

看到这里，各位应该都在猜想登场人物是谁。老人即半七老人，那个青年就是我。老人顺着我的提问，开始讲起浅草一带的往事，也提到了本龙院[1]和袖摺稻荷神社[2]，之后越聊越欢，老人终于被我钓出了话题。

"哎呀，过去真是有好多不可思议的事。刚才提到袖摺稻荷，我倒想起来了……我们边走边聊吧。"

此事发生在安政五年（1858）正月十七日。浅草田町袖摺稻荷神社旁有一家旗本大宅，主人叫黑沼孙八。这家宅邸高大的屋顶上赫然趴着一具三四岁女童的尸体，由于在屋顶上，宅子里的

---

[1] 本龙院：位于今东京都台东区浅草七丁目，是浅草寺的子院，山号待乳山，本尊为欢喜天。

[2] 袖摺稻荷神社：位于今东京都台东区浅草五丁目，供奉日本神话中的谷物、食物之神，即稻荷神。

人没能立刻发觉，而是在晨五刻（早上八时）过后，经由邻家人知会，黑沼宅的人才知晓，即刻掀起了一阵骚动。下级武士和仆役架起长梯子，爬上还留有一层清晨薄霜的屋顶一看，发现横死的是一个女童，衣物整洁，相貌也不丑。他们将她背下屋顶，检查了一下衣物，发现她没带荷包，腰上也没挂着写了姓名住址的迷路牌，因此完全查不出此人的身份来历，众人只能面面相觑。

　　比起女童的身世，更让人纳闷的是，她的尸身为何会躺在宅邸屋顶上？黑沼家是石高一千二百石的高官，邸内除了管家、受封武士、侧近侍从、下级武士和仆役外，还有乳娘、侍婢、厨房女佣等下仆，上上下下共有二十多个男女，却无一人认得这姑娘，平时经常进出府邸的亲眷们也说没见过她。众人怎么也想不明白，这身份不明的小姑娘究竟为何要爬上这屋顶。邸内房屋虽然都只有一层，但武家宅邸的屋顶比普通町民家高出许多，即使架上长梯，一个三四岁的小孩大概也无法轻易爬上去。既然如此，难道她是从天上掉下来的？又或是天狗[1]掳了她，又从半空抛下？去年夏季至秋季，江户上空偶尔会有巨大的发光物体飞过，甚至曾有人说见过一个大如牛的发光怪物掠过空中。于是，府内便有人自以为是地报告说，小姑娘肯定是被那种发光怪物掳去并抛下半空的，可主人黑沼孙八不以为然。他是个刚毅的武士，平时就一概否定天狗之类的妖怪存在。

"其中定有蹊跷。"

无论如何，女童的尸首都不能置之不理，他便吩咐家臣将此事报告给町奉行所。由于此事发生在武士宅邸内，即使不公开处理也能暗中了结，但他决定借助町奉行所的力量来解决这个疑问，因此特意将此事公开发表。

"如此小儿，定有父母兄弟。既然如此，自然

---

[1] 天狗：日本传说中的生物，民间常认为是妖怪。一般认为天狗满面通红，长鼻，有翅膀，可在空中飞翔。江户时代认为儿童失踪是被天狗所掳，因此在"神隐"事件中，天狗引起的儿童失踪事件便被称为"天狗隐"。

也有因失去爱女或小妹而哀叹之人。我要查清女童的身份，将她送归父母亲眷身边。此时万不可顾及府邸体面，你们须向出入府邸的众人详细描述女童的样貌穿着，着令他们多方寻找线索。"

既然主人心意已决，众人也不敢反对。于是，管家藤仓军右卫门当天上午便前往京桥 [1] 方向，来到八丁堀，到访同心小山新兵卫位于屋根屋新道 [2] 的宅邸。消息灵通的新兵卫已不知从何渠道了解到此事，军右卫门将案情更为详细地解释一番后，当面恳求新兵卫帮忙调查女童身世，之后又坦陈了自己的难处。他直言道，虽然主人决意公开调查此事，可自己还是不得不顾及府邸在外的声誉。

---

[1] 京桥：旧时架设在京桥川中央的一座桥梁，处于德川幕府所设五街道的东海道上，是与日本桥齐名的名桥。由于江户时运河在人们生活中占据重要地位，此桥因此成为地域象征。旧京桥区即为今东京都中央区京桥地域，北接日本桥，东接八丁堀，南接银座，西临八重洲。

[2] 屋根屋新道：位于今东京都中央区八丁堀三丁目。"屋根屋"意为"为人修葺屋顶的工匠（或其店铺）"，据称此地原为屋顶修葺匠的聚居地，因此得名。

这才正月，自家宅邸的屋顶上就出现了不明女尸，一者甚为不祥，二者于体面有失。人言实在可畏，要是被人一传十十传百，再添油加醋地说些有的没的，难保不会埋下什么祸根，所以他想请新兵卫暗中派人调查。军右卫门恳求说，主人也只是为了弄清女童身份，好将其遗体交还亲属以求宽心，权衡之下才愿意公开此事，因此，若能暗中查明女童来历，那自是再好不过。

"我明白了。我定当尽力如君所愿，妥善处理。"新兵卫一口答应了。

军右卫门走后，新兵卫立刻叫来了神田的半七，说了此事的大致原委。

"事情就是这样。武家事件虽不由你负责，但你就越界查查看吧。这种案子只有你能接。我可不是在给你戴高帽，只是武家的案子比较麻烦，我也不能随便派个人过去。这么冷的天，我知道你也不容易，但还是麻烦你了。"

"遵命。我尽量试试吧。"

"现如今，早就不兴'天狗掳人'的说法了。"

新兵卫笑道，"里头肯定有复杂的缘由。你尚且一查，没准还能牵出什么有趣的事来。"

"或许吧。总之我先去田町见见那位管家。"

于是半七离开八丁堀，踩着草履往浅草方向走去。半七钻过黑沼大宅平时供人出入的侧门，求见管家。军右卫门赶忙将他迎进了自己的居所。

"听说贵府发生了棘手案件，我很理解贵府的不便。"半七首先问候道。

"实在劳您挂心。"军右卫门微秃的额头上浮现出深深的皱纹，"此事我们完全无从下手，众人都一筹莫展。其实直接将这来历不明的女童尸骸处理了便无大碍，可主人不肯应允，着令我们必须找出她的亲属，将尸首送还。可我们怎么找呢？不知她从何而来，也不知她如何上了屋顶，着实为难。您精通此道，可有方法厘清此事原委？"

"既然承了小山老爷的吩咐，我自当尽力而为……请问尸首现在何处？难道已送到寺里了？"

"不，傍晚之前都暂且安置在此屋，您先看看吧。"

管家的居所只有三叠、六叠、八叠三个房间，女童的尸体头朝北安放在八叠房的一角，身旁供着清水和线香。半七踱行来到尸体身边，将之抱起，里里外外仔细检查了各处，以防有所遗漏。

"全看过了。"半七将尸体原样放回，起身到外廊的洗手钵里洗手，然后沉默地思索了一阵。

"可有眉目？"军右卫门急切地催促道。

"不，目前还没有……以防万一，我想打听一下，府上从昨晚到今晨一直没有新线索吗？"

"没有。"军右卫门毫不犹豫地回答。他说，昨天府上举行了歌牌[1]会，亲戚、邻里家的孩子们大大小小共来了二十余人，热热闹闹地一起玩到四刻（晚上十时）方歇。宅邸里的众人都玩累了，当晚都睡得很沉，谁也没注意到是否有人爬上屋顶或跌落下来。实际上，今早还是经由邻居提醒才得以发现尸首，因此这事究竟发生在入夜时分、

---

[1] 歌牌：又称歌留多，是日本人在正月里经常玩的一种纸牌游戏。常见的歌牌一般是印有《小仓百人一首》的百人一首歌牌。

三更半夜抑或清晨拂晓，谁也不清楚。

"府上也没人认识这孩子？"半七确认道。

"我自然不认得，府上的人也已全部盘问过，都说不知道。从这姑娘的打扮来看，很像普通町民……"

"正是如此。"半七也点头同意，"这姑娘绝非武家出身。恕我冒昧，可否容我爬上当时发现尸体的屋顶看看？"

"自然。"

军右卫门率先走出住居，领着半七来到玄关处。他叫两个仆役再次搬来长梯架在玄关旁，半七整理一下衣裳，然后敏捷地爬上梯子，站在了大屋顶上朝下面挥手，示意再上来一个人。于是一个身材矮小的仆役也爬上了屋顶。在他的指引下，半七查看了当时横尸之处，又在高耸的屋顶上巡视了一圈才下去。

二

出了黑沼宅邸，半七朝马道方向走去。他叫出住在当地的小卒庄太，问他有没有听见过什么关于黑沼宅邸的风声。庄太回答没有，又说黑沼家作风严谨，在这一带很有声望，府上的仆众也都谦恭有礼。他觉得这件事应该与府内人等并无关联。

"是吗？那就没办法了。"半七抬头望向正月里晴朗的蓝天，"对了，庄太，今天天气好，也没什么风，不如你陪我去十万坪[1]走走？"

"十万坪……"庄太感到莫名其妙，"去那儿做什么？"

---

[1] 十万坪：今东京都江东区千田、千石周边区域。由于享保八年（1723）在此填埋滩涂开辟了十万坪新地，故被称为"十万坪"。其位于浅草寺东南方向，并且相距甚远。

"好久没去砂村的稻荷神社了，忽然想去拜拜。今天的差事也办得不顺利，忽然想去求求神。你若是有空，就陪我一起去吧。"

"好。反正我也闲，您想去哪儿我都奉陪。"

两人即刻启程。庄太心中疑惑，此时已过八刻（下午二时），为什么要特意跑去深川最远端？但他还是默默跟着半七出了门。两人走过吾妻桥[1]，穿过本所，来到深川最偏远之处，终于到达砂村新田的稻荷神社时，深川八幡宫的钟楼上已敲过傍晚七刻（下午四时）的报时钟声了。时节虽已是春季，可日头还短，晚风吹得河堤下枯黄的芦草摇来摆去，仿佛因寒冷而颤抖。

"头儿，天有些冷了。"庄太缩着脖子说。

"是啊，太阳一落山，天立刻就冷了。"

两人去稻荷神社参拜过后，便来到近旁一家挂着苇帘子的茶摊。正准备打烊的老板娘一见有

---

[1] 吾妻桥：江户时代架设在隅田川上的四座大桥之一，位于今东京都墨田区。江户时代，吾妻桥西连浅草材木町、花川户町，东连向岛地区中之乡瓦町。

客人来，立刻露出了笑脸。

"天这么冷，两位还大老远跑来上香。店里不剩什么东西了，不如我热些糯米丸子，给两位端上来？"

"什么都行，先来碗热茶吧。"庄太一脸疲态，精疲力竭地坐在凳子上。

老板娘将已放冷的糯米丸子放上炉子烘烤，接着拿起茶色团扇给烧水的炉子扇风。

"老板娘，这阵子香客多吗？"半七问。

"天太冷啦。"茶摊的老板娘一边端上热茶，一边回答，"不过下个月就会热闹起来了。"

"说的也是，毕竟下个月就是初午 [1] 了。"半七吸着烟说，"不过少归少，每天也能有二三十个人吧？"

"多的时候差不多，可像今天就只有十二三个，有一半还是每天都来的。"

"还有人每天来这儿参拜？可真虔诚啊。哪像

----

[1] 初午：二月第一个午日。这天会举行稻荷神社的庙会。

我，来一次就累得不行了。"庄太嚼着硬邦邦的烤糯米丸子，佩服地说。

"不同的香客求不同的事，其中也有很可怜的人。今早有一位从木场 [1] 来的年轻太太，那可真是太惨了。这么冷的天却只穿一件浴衣，还说以后每天都要来赤足参拜 [2]。我看她瘦骨嶙峋，感觉身子很弱，真担心她弄坏身子。虽然说是祈愿，但太过勉强自己也撑不久啊。"

"那位年轻太太是哪儿的人？来求什么呢？"半七有些同情地问。

"那可真是太可怜了。"老板娘一边添热茶，一边看着半七说，"她好像是去年秋天过门的，才十九岁，丈夫是木场一家木材零售铺的通勤掌柜。不过她是继室，丈夫的前妻留下了一个孩子，今

---

[1] 木场：江户时期的木场町，今东京都江东区深川区域。江户时代此地为贮存木材的场地，也是江户的建材集货场，在十万坪西南方向的一块沿海地带。

[2] 赤足参拜：信众为了表达其强烈的祈愿心而以赤足参拜神佛。

年三岁。昨天傍晚，她带着那孩子去八郎右卫门新田 [1] 走亲戚，归来途中天色渐暗，不知怎的，孩子突然不见了。她吓了一跳，赶忙四处寻找，却怎么也找不着。虽然梳着已婚发髻，但她毕竟只是个十九岁的年轻太太，没有办法，只好哭着回了家，可丈夫说什么也不肯原谅她。当然啦，这位太太也有错，弄丢了自己带着的孩子，当然对不起丈夫。更麻烦的是，她还是继室，丢的不是亲生孩子，而是丈夫前妻的，这在人情道理上就更说不过去了。这还不算，往坏一点想，众人还可能说她这继母心黑，故意弄丢孩子。事实上，她的丈夫已经如此怀疑了，恶言恶语骂得非常难听，说什么一定是她把孩子推到河里淹死了。这位太太终究也是气不过，当晚就从家里跑出来，

---

[1] 八郎右卫门新田：庆长初期，江户刚开始开辟新地时，一个名叫深川八郎右卫的人从设津国（现大阪府）移居江户，并开拓了小名木川北岸一带，因此其姓氏"深川"成为该片区域的通称，而其开辟的新地则被称为八郎右卫门新田。

想着索性去跳进附近的水渠或河川以证清白。所幸后来改了主意平安回家，决定自今早起每天来稻荷神社参拜。那位太太也真是倒霉，出门前给孩子换衣服时，竟忘了在孩子腰上挂幼童名牌，所以孩子身上没有任何身份证明。若有人恶意揣测，可能会说她是故意不给孩子挂幼童名牌的。虽然说知人知面不知心，但她脸色苍白，眼都哭肿了，怎么看都不像是装的。那位太太真是遭了大罪，就算某一天把孩子平安找回来，别人也难免要怀疑她啊。"

听完老板娘长长的一段话，半七和庄太对视了一眼。

"老板娘，那失踪的孩子可是个女孩？"庄太迫不及待地问。

"是。听说是女孩，名叫阿蝶，父亲叫次郎八。阿蝶还是个孩子，应该不会走太远，就算是失足掉进了河里，尸体也应该浮上来了才对，真不知道她究竟去哪儿了。"老板娘边说边叹息，"我们也暗暗祈祷，希望稻荷大人保佑，能让那位太太尽早得知孩子的安危。"

"那是自然。既然她如此虔诚，早晚会知道的。"

半七向庄太使了个眼色，搁下些钱充作茶资，起身出了茶摊。走了约一间（约2米）距离后，庄太边回头看边悄声说。

"头儿，运气真好，这都给我们撞上了。"

"这就叫瞎猫碰上死耗子。这么一来，事情几乎就全明白了。"半七微笑着说。

"然而，我还有件事不明白。"庄太若有所思地歪着头，"孩子的身世算是有着落了，可她为什么会出现在黑沼家的屋顶上？这一点我怎么也想不通。头儿，我本就觉得奇怪，都这个时辰了，您为什么还要大老远跑到这里来？当时说什么去十万坪，去砂村上香，难道是一开始就心里有数了？"

"倒也不是完全没有想法，只是太过不着边际，万一被你耻笑，我就只能憋一肚子火，所以一直没说。把你拉到这荒郊野外来，其实心里多少还是有一点期望。"

"您到底是怎么想到要来这里找的？"

"这可就奇了。算了，你就听我说说吧。"半七又微笑了起来，"去了黑沼府邸，在管家的居所里检查了姑娘的尸体后，发现她身上并没有什么像样的伤痕，本以为她是在别处病死后被搬到黑沼家去的。可我仔细一看，发现姑娘的后颈上似乎隐约留有一个小小的爪痕，而且不是人的指甲留下的，看着像鸟爪或兽爪。话虽如此，总不能是天狗干的好事。我出了府邸，边琢磨这到底是什么爪印，边晃晃悠悠往你家的方向走去，此时忽然在一家绘草纸[1]铺子里见到了一幅画，那就是广重[2]的《名所江户百景》[3]之一，描绘十万坪雪景

---

[1] 绘草纸：草双纸。江户时期一种带插图的通俗小说。

[2] 广重：歌川广重（1797—1858），江户时代浮世绘画家。其多绘风景画，善用写生手法，并在画面上加入小人物的日常生活描绘，以增添画面生动感，风格较为亲民、秀丽而有小品风范。其风景画系列《东海道五十三次》确立了他作为有史以来最受欢迎的浮世绘画家之一的地位。

[3]《名所江户百景》：歌川广重在公元1856—1858年间创作的118幅大型直立版画与1幅封面画。

的画作[1]。你知道那幅画吗？"

"不知道。我讨厌那些东西。"庄太苦笑道。

"我猜也是。其实我也说不上喜欢，但干这行的嘛，什么都爱看一眼。那时候，我无意中瞧了一眼。刚才说过，那画上的是十万坪的雪景，雪花纷纷扬扬染得地面白茫茫一片，空中有一只展翅翱翔的大雕。我觉得这构图甚为精妙，正啧啧称奇呢，忽然就想起了黑沼家的那桩案子。既然不是天狗掳走女童，那莫非是大雕干的好事？尸骸后颈上的爪印应该也是如此留下的。但这只是灵光一闪，我自己也觉得有些荒谬，于是先去你家跟你了解了情况，结果没想到黑沼家的恶评，你也说对此事毫无头绪。我想着姑且去十万坪那边看看吧，这才把你拉了出来。当然，对手既然是鸟，那它也不一定是在十万坪掳的人。我也犹豫过要不要往王子[2]或大久保[3]那边去。因为是

---

[1] 即隶属"冬之部"的《深川州崎十万坪》。

[2] 王子：位于今东京都北区，当时的江户北部远郊。

[3] 大久保：位于今东京都新宿区，当时的江户西部郊区。

看了十万坪的画才起的意，所以想着姑且先去那边看看，或许又会有别的什么想法，于是就大老远跑去了砂村，没想到还真没白跑，这么容易就撞上了这事。仔细一想，这真是意外的收获。那个叫阿蝶的小姑娘肯定是在某处与阿娘走散了，在昏暗的天色中徘徊了一阵后，有一只大雕忽然从天而降，抓着她的腰带或后领就上了天。从八郎右卫门新田到十万坪一带人烟稀少，附近又是细川[1]家的别宅，自然谁也没找到她。况且当时天色已晚，更是连听到鸟类振翅声的路人都没有。那之后发生了什么无从得知，估计小姑娘已因惊吓而昏厥，连哭都哭不出来了吧。那大雕抓了人后，也不知道该拿她怎么办，在空中漫无目的地飞了一阵，最后索性直接把她从半空抛下，小姑娘恰好落在了黑沼家的屋顶上。若是有人立刻发现她，把她救下来悉心照顾，兴许还能捡回一条

---

[1] 细川：镰仓时代至江户时代的名门，是清和源氏足利氏的支流。

命。不幸的是，她在屋顶上横到了第二天早晨才被人发现，终归是无力回天了。这可真是飞来横祸，小姑娘本来往后的日子还长，真是可怜。不过嘛，人死不能复生，当下的关键是要尽快通知她的父母，让他们早早死心。从刚才茶摊老板娘的话来看，那之后又发生了许多麻烦事，难保那位年轻太太不会一念之差做出什么傻事来。比起帮助死者，更重要的是拯救生者。我们必须立刻绕到木场，把事情原委清清楚楚地告诉他们。"

"确实如此。"庄太立刻同意，"那三四岁的孩子已经救不回来了，可那后娘也才十九岁，要是有什么三长两短就太可怜了。"

"你别看人家太太年轻就偏袒人家。"半七笑着说，"你再说这些，下次大雕抓的可就是你了。"

"您可别吓我。天突然暗下来了。"

两人在昏暗的天色中沿着河岸急匆匆地赶往漂着木筏的木场町。

"事情大概就是如此。"半七老人说，"若是在赶往木场的途中恰好阻止了意欲投河的年轻太太，这也算得上是一场好戏了，事实哪儿有故事中那么巧呢。哈哈哈。总之，我们去木场找到次郎八家，跟他们说了事情的前因后果，两夫妻都吓了一跳。之后，我们立刻带着次郎八去了黑沼宅邸见管家，后者心里高悬的石头总算落了地，安心归还了遗体。死者确实是次郎八的女儿，他再晚来一步，尸体就要被送到寺里火化了。当然，此案与一般案件不同，无法断定事实真相确实如此，由于实在找不出别的可能性，最终还是以大雕掳走女童的结论定案了。此案多亏了广重的画才能了结，这世上，真是想不到什么东西会帮上你的忙。广重因为罹患霍乱，在那年秋天去世了。"

三

两人聊着聊着，不知何时已走过了三围神社 [1]。河岸樱树上的樱花已尽数落下，因此今天虽是周日，周边也未有嘈杂的人群，这对我们来说是幸事。为了歇口气，我从袖兜中找出卷烟盒，点燃一根当时流行的常磐牌纸烟，抽出一根递给半七老人。老人彬彬有礼地微微点头，接过香烟，一边抽着，一边露出了闻不惯味道的表情。

"我们找个地方歇歇吧。"我感到有些抱歉，便如此说道。

"也是。"

于是两人来到一家茶摊坐下。花期已过，店

---

[1] 三围神社：位于今东京都墨田区向岛的神社，供奉宇迦之御魂神。

里没有其他客人。老人拿出自己的烟袋，就着烟管美美地抽了一管烟。正值酷暑，骄阳似火，虽然需要担心树上落下毛虫，但穿过树梢吹拂而过的河风非常舒服。额头已微微冒汗了。

"听说以前这一带有水獭。"

"有。"半七老人点头，"有水獭，也有狐狸和貉子。一说到向岛，大家首先想到的都是清元和常磐津中的那些故事，以为这里是个盛行私奔、殉情的风流舞台，实际上并非全然如此。一旦入夜，这里可是很吓人的。"

"若真遇上水獭，那可就麻烦了。"

"是啊，毕竟水獭最爱捣乱。"

不管我问什么，老人都会愉快地回应我。除了他本身就很健谈以外，大概也暗含想亲近年轻人的温柔心意吧。他屡次谈起自己的过去，并非想夸耀功绩。只要听的人高兴，他自己也高兴，所以才会不厌其烦地谈论往事。正因如此，此时老人忽然来了兴致，非要讲些与水獭有关的故事不可。

"恕我冒昧，但自从江户变成东京后，这狐狸、貉子、水獭之类便急剧减少了。狐狸和貉子自不必说，水獭最近也是很难看到喽！这不仅发生在向岛和千住。以前只要是稍微大一点的川渠都有水獭，就连爱宕下[1]的樱川那种地方都有它们的巢，时不时就跑出来吓人。传言中与河童有关的事大抵都是这些水獭的恶作剧。我接下来要说的故事也和水獭有关。"

弘化四年（1847）九月，在一个连着下了两三日秋雨的漆黑夜晚，大约夜里五刻（晚上八时）左右，一个男人猛然拉开本所中之乡瓦町一家杂货店的店门，钻了进去。本以为是来买蜡烛的客人，没想到他上气不接下气地讨水喝。老板娘就着微弱的蜡烛灯光看了一眼男人的脸，忽然惊呼一声。原来，男人的前额、双颊甚至脖子上不断

---

[1] 爱宕下：夹在爱宕山东侧与东海道之间的低地一带的名称，此处坐落有大量大名宅邸。其位置在今东京都港区新桥、西新桥一带。

流出鲜血，两侧的鬓发也像被人揪过一般杂乱。昏暗中忽然出现一张头发散乱、满是血迹的脸，老板娘会受惊吓也很正常。听到妻子的惊呼声后，店老板也从里屋跑出来。

"哎呀，这是怎么了？"老板终究是个男人，见此情景首先出声询问。

"我也不知怎么了，刚才经过源森桥边，突然有个什么东西从黑暗中跳上了我的雨伞，结果就成这样了。"

听了男人的描述，两夫妻微微松了口气。

"肯定是碰上水獭了。"老板说，"这一带有只脾气很坏的水獭，时不时会跑出来胡闹。这种雨夜里，经常有人受它祸害。应该是水獭跳到您的雨伞上，抓坏了您的脸吧。"

"可能吧。我当时慌乱，也搞不清楚。"

亲和的夫妻俩立刻打来清水，帮男人洗净了脸上的血，还给他上了药。男人看着是个五十二三岁的商人，穿着打扮也不寒碜。

"真是飞来横祸。都这个时辰了，您这是去了哪儿？"老板娘边为男人点烟边问。

"不远，去这附近办了点事。"

"您家住……？"

"我住下谷。"

"伞坏成这样，可就伤脑筋喽。"

"不打紧，过了吾妻桥应该能喊到轿子。哎呀，真是给你们添麻烦了。"

男人拿出一朱银子递给店主夫妻，说是感谢他们照顾自己。两夫妻连忙推辞，但男人执意让他们收下，然后拿了新蜡烛和灯笼，撑开伞走进了漆黑的雨幕中。不一会儿，他又折了回来，在店门口小声说：

"今晚发生的事，希望两位帮我保密。"

"好的。"老板回道。

第二天，下谷御成道一家旧货铺的退休老爹十右卫门到町内的警备所报案，说是昨夜行经中之乡河边时，有人从后面追上自己，抢走了钱袋不说，还弄伤了自己的脸。接到报告后，町奉行所便派出当值的与力、同心前往下谷调查。由于案发地点在水户藩[1]驻江户的别宅附近，调查更为谨慎严密。十右卫门被传唤到警备所接受审问。

"半七，你好好审。"与力对同行而来的半七说。

"遵命。喂，旧货铺的退休老爹，这可是在各位差役大人面前，你可要仔细斟酌，不要供述错了。"半七首先叮嘱了一番，随后问起昨晚的案发经过。

"你昨晚究竟去了哪里，干了什么？"

"我去中之乡元町的旗本——大月权太夫大人府上，替儿子领收之前卖出的古董货款，共计五十两金子。"

"既然是从元町回来，按理应该走源森桥附近，难道你绕了远路？"

"是。说来惭愧，其实我绕道去了中之乡瓦町

---

[1] 水户藩：水户藩是日本江户时代的一个藩，位于常陆国（今茨城县中部及北部），藩厅是水户城。藩主是水户德川家，其与尾张德川家及纪州德川家并列为"德川御三家"，石高35万石。

一个叫阿元的女子住处。"

"那个阿元与你有那等关系？"

"正是。"

他说自己包养阿元三年，但她心性不佳，经常向自己要钱。实际上，昨晚自己去阿元家时，她家里还有个年轻男子，说是她表兄，名叫政吉，十分殷勤地向自己劝酒，自己因不擅饮酒而坚决推辞了。阿元说天气越来越冷，想要添置两件过冬的衣裳，频频问自己讨要钱财，可自己手头拮据，于是就拒绝并离开了。回来的路上，他就在瓦町的河边遭了抢。听说那边有水獭出没，所以他一开始也以为是水獭干的好事，可回家一看，发现装了五十两金子的钱袋不见了。如此一想，看来不是水獭所为，这才报了官。十右卫门畏畏缩缩地如此描述道。

"那个叫阿元的女子几岁了？"

"她今年十九，与母亲一起生活。"

"那个叫政吉的表兄……？"

"约莫二十一二吧。他似乎经常出入阿元家，但我是昨晚才头一次见到，因此不太清楚他的背景。"

　　大致审问完毕后，半七就让十右卫门退下了。照他的说辞推断，嫌疑自然落在了十九岁的阿元身上。表兄政吉应该是她的情夫，知道十右卫门身上有五十两金子，所以尾随其后抢走了钱财。差役们都这么觉得，半七也不得不这么认为。然而，不能光凭遗失了钱财就怀疑阿元，也有可能是十右卫门自己半路上弄丢了钱袋，虽然可能性很小，但他把钱袋忘在轿子上了也未可知。当下的状况，还是先走一趟中之乡，查探一番阿元这个女人的身份背景，再做定夺为上。

　　于是他立刻出了警备所，找到为十右卫门包扎伤口的医师，询问他是什么东西造成了十右卫门脸上的伤。医师却说无法断定，说可能是被锐爪挠伤，也可能是被刀锋较钝的小锐器胡乱划伤，无法确定究竟是什么。对于此类刑事问题，这些郎中都倾向于给出模棱两可的回答，因为害怕日后受到牵连，于是半七也只得云里雾里地走了。

"这要是放在今天，根本不是问题。可以前就是这样的，很伤脑筋。"半七老人解释道。

四

　　总之，此案只有两种可能：要么是阿元的情夫伤了十右卫门，抢了钱；要么是水獭伤了十右卫门，钱包则落在了别处。半七前往中之乡，向附近邻居打听阿元的风评，发现她并非十右卫门口中那样的恶女。她哥哥几年前死了，才不得已当了下谷那位退休老爹的小妾，以此来赡养老母。与此种身份的年轻女子不同，她本质上是个非常老实的人。听了这些风评后，半七也有些疑惑了。

　　他还是决定先见见本人再说，于是去了瓦町的阿元家。一个身材娇小、肤色白皙的姑娘出来应门。她就是阿元。

　　"下谷那位退休老爹昨晚来过吗？"半七若无其事地问。

　　"来过。"

"待了很久？"

"不，只在门口……"阿元面颊微微潮红，含糊其词地回答。

"没进家门就走了？一直都这样吗？"

"不。"

"昨天你家来了个叫政吉的人吧。他是你表兄？"

阿元迟疑了一阵，没有开口。想着此事还是当面质询让其坦白比较好，半七便亮明了身份。

"我是来办差的，你可不要隐瞒。退休老爹走后，政吉也跟出去了吧？"

阿元有些忐忑，依旧没有说话。

"不要隐瞒，老实交代。都这份儿上了，我就跟你直说了吧。下谷的退休老爹在中之乡河边被人所伤，挂在脖子上的钱袋被抢了。我来就是为了调查此事。你若有半点隐瞒，可能要受严刑审问。若不把知道的都一五一十地说出来，对你可没好处。"

半七直直地盯着她，仿佛在威吓她一般。阿

元吓得面如土色，接着声音颤抖地说政吉昨夜没有出门。看她那惴惴不安的样子，半七立刻明白她在说谎，于是又确认了一遍，但阿元坚称如此。可半七注意到，她的面色渐如死灰，已毫无血气，这让他怎么也无法相信阿元的供述。

"我再问一次，你当真什么都不知道？"

"不知道。"

"好，既然你要隐瞒到底，我也没办法。在这里没法审问，你跟我走一趟吧。"

说着，他拉起阿元的手就要把她拉走。此时，一个五十出头的女人从屋里出来，扯住了半七的袖子。她就是阿元的母亲阿石。

"头儿，请等一下。我什么都说，请放过我女儿吧。"

"只要你肯老实交代，上面也会大发慈悲的。"半七说。

"其实那个政吉是我侄子，是个瓦匠。以前本已和我女儿订下婚约，可由于各种缘由，女儿现在只能受他人的照顾。政吉昨晚确实来了我家，和我俩坐在火盆前闲聊……其实，下谷那位老爹非常吝啬，每月给我们的钱只够勉强糊口，一文也不肯多给，可天气越来越冷，我们真的很发愁。正在女儿和我诉苦时，那位老爹正好过来，不知是在门外听见了我们的话，还是误会了政吉同我女儿的关系，他在门口稍稍和我们说了几句就走了。不管怎样，他看上去很不高兴，我心里就担心，万一他就此与我们断绝来往，我们以后就难以为继了。政吉也有同样的担忧，若那老爹因为误会自己而生气，那就麻烦了，于是就提出去把老爹找回来把话说清楚。我劝他也不听，提着灯笼就出去了。"

"唔，我听明白了。后来呢？"

"过了一段时间，他就回来了……"阿石也有些踟蹰，但还是下定决心继续说。

"他说外面下着雨，又黑黢黢的，没找到那位老爹。然后……说自己在途中捡到了东西。待他拿出一看，是两枚小判……"

政吉方才一直很同情地听着姑母和阿元诉苦，

此刻便把这两枚小判给了母女二人，让她们用这钱去置办过冬物资。可生性正直的阿石母女觉得不安，不肯收下。政吉苦心相劝，说捡到这钱是上天垂怜，硬要她们拿着，可母女俩说什么都不肯收。最后政吉也恼了气，攥着两枚小判一声不吭地不知去了哪里。虽然他说是那钱是捡的，可母女俩还是很怀疑两枚小判的来源，今早一直在议论，这时半七就来调查了。

"原来如此。难为您把一切说出来了。既然如此，姑娘就先交由大婶照看，日后可能还有需要调查之事，你们乖乖在家等着。"半七嘱咐二人。

阿元包庇政吉的理由也清楚了。两人本已互定终身，只是苦于生计，阿元不得不离开政吉，投入他人的怀抱。即便如此，她依旧不惜顶罪也要护政吉周全，坚称自己什么都不知道。如此一想，半七也不由得觉得她可怜可爱。再加上阿元和阿石看上去都很老实，半七认为不把她们押去警备所也无妨，于是便去和町里的差役打了声招呼，让他们稍微注意一下母女俩，然后便回去了。

第二天早晨，政吉冒着雨从吉原游郭出来时，在大门口当场被捕，抓他的正是之前提过的住在马道的庄太。半七一直在公所等候，见到政吉后立刻开始审问。关于小判的来源，政吉的证词与昨日阿石的供述一致。

"前天晚上，我出门去追下谷的退休老爹，追到源森桥一带时，发现脚边有东西闪闪发亮，拿灯笼一照，发现是两枚小判掉在雨地里。按理本应将它们上交公家，可我知道姑母一家的苦处，就想用这钱贴补她们的生计。当时正好四下无人，我就捡了金子带了回去。可姑母和阿元都是实诚人，说这钱来历不明，不肯收。劝到后来我也窝了火，赌气地想那随她们便吧，于是就拿着钱，跑到吉原来玩乐了。金子确实是我捡的，我没做过偷盗劫掠的事。"

毕竟是阿石的侄子，这个瓦匠看着也是个正直之人，其供述也不像有假。然而就算在这个时代，捡到失物也不能占为己有，而是必须送到警备所，这才是天下公认的法理。此外，也不能只听信他的一面之词，于是半七就拉着他前往下谷，让他和十右卫门在下谷的警备所里当面对质。

十右卫门说自己见过政吉，政吉也说见过十右卫门，可十右卫门称自己被偷袭时心下惶恐慌乱，完全不记得来者是谁，如何袭击自己，这让半七有些头疼。这时，他突然想起一件事，于是就问十右卫门：

"听你店里的伙计说，你那天脸上和脖子上受了很重的伤，可到家时血已基本止住。你究竟是在哪儿止的血？"

"到了浅草之后，请轿夫打水来清理的伤口。"

"或许是请轿夫，也或许是请的杂货店夫妇吧？"

十右卫门似乎吃了一惊，默不作声地低着头。

"我不知你为何隐瞒此事，只是那个时辰，那附近只有杂货店还开着门，所以我昨日就去打听了一番。店主夫妇起初也吞吞吐吐不肯言明，最后还是坦白了一切。老板娘还说你给了他们一朱银子，那银子本是装在钱袋里的吗？"

"那银子是收在钱夹里的。钱袋则是拴了绳子挂在脖子上的。"

"是吗？那好，刚才也问过了，你为何要杂货店夫妻帮你保密？"

"因为我觉得，此事被人知晓有损颜面……既然丢了钱袋，此事也就无法秘而不宣了。真对不起，给您添了那么多麻烦。"

他一边说，一边恶狠狠地瞪着政吉，眼底饱含的嫉妒没能逃过半七的眼睛。半七推断，他或许是别有用心，故意把此事说得像是劫财，以此来陷害政吉。此事大抵是源自老爹因年轻小妾而生的嫉妒心吧。

即便如此，他的说法也并非全盘捏造，政吉捡到的二两金子便是明证。十右卫门的说辞究竟几分真，政吉的供述又有几分真，半七苦于无法找出能衡量个中真假的线索。迫于无奈，那天半七只能先让十右卫门回去，而政吉则被送去了八丁堀的大警备所。

若就此结案，此事将对政吉颇为不利。不论

他如何鸣冤，他曾拿了两枚小判的确凿证据都使他难以逃脱嫌疑。但他很幸运，因为源森桥的河川下游出现了一个沉默的"证人"，向世人说明了真相。

这证人便是水獭。一只大水獭死后浮上了水面，脖子上还紧紧缠着一条绳子，绳上拴着一只钱袋，钱袋里装了四十余两小判。

正如杂货店的店主夫妻猜测的那样，那个漆黑的雨夜里，袭击十右卫门的正是栖息在这条河里的水獭。喜爱捣乱的水獭跳上十右卫门的雨伞，胡乱抓挠了他的脸和脖颈。骚乱中，水獭的脚意外钩住了钱袋的绳子，于是钱袋便从十右卫门的脖子上掉落，之后更是缠上了水獭的脖子，两枚小判应该就是在此时掉出钱袋的。水獭缠着钱袋逃回河里，而四十余两沉甸甸的小判连着绳子拽着水獭往下沉。水獭拼命甩动前肢以求挣脱，结果反而让绳子缠得更紧，最后终于被绞死了。

它死后，由于脖子上缠着钱袋，尸骸没能立刻浮上水面，直到下了四五天的大雨终于停歇，河里水位渐渐下降，它的尾巴和四肢才在岸边浅水滩显露出来，证明了政吉的清白。最后，政吉只受了训斥就被释放了。

十右卫门最初似乎也认为是水獭胡闹，可在给杂货店老板娘—朱银子谢礼时发现自己丢了钱袋，同时心头冒出了一个想法。这是因对阿元和政吉的嫉妒而涌现的报复之念。就算他们最终没被定罪，也会因犯罪嫌疑而被拉进警备所，或是被捕入狱，届时，十右卫门便可坐视二人遭受各种痛苦和麻烦。不得不说，这是一个极其残酷的阴谋。

在证据没有出现时，半七无法贸然揭穿他的阴谋。既然能证明政吉无罪的证据已经出现，半七内心也憎恶十右卫门的所作所为，便极尽尖酸刻薄之能事，好好挖苦了他一番，最终把他说得羞愧难当，提出将缠在水獭脖子上的那四十余两金子作为赡养费送给阿元，今后再无瓜葛。

阿元则在与政吉成婚后专程赶来向半七致谢。

"又跟往常一样唠叨了这么多。其实，在这向岛还发生过其他与河童和蛇有关的侦探故事，以后再和你说吧。哎，茶钱就让我来付，可不要让老人家失了面子。"半七老人从怀里掏出鬼更纱[1]制的钱夹，掏出些钱付了茶资。

茶摊的姑娘和我一起微微鞠躬致谢。

"好了，走吧。向岛可真变了不少啊！"

老人一面环顾四周，一面站了起来。此时，梆子声响起，远处传来工厂嘟嘟的汽笛声，帷幕落下。以前的歌舞伎剧目里可没有汽笛声伴奏。老人说的没错，向岛的确是变了很多。

---

[1] 鬼更纱：印花布的一种，先以节子较多的死线手工纺织出布料，之后对此布料进行染色，成品即鬼更纱。

03

牵牛花鬼屋

一

"安政三年（1856）……我记得是十一月十六。清晨七刻（凌晨四时）左右，神田的柳原堤附近走了水。不严重，只烧了四五家屋子。我在那边有熟人，故而天刚蒙蒙亮就过去慰问，到了那边聊了几句便回家，去澡堂泡了个晨浴，回来在家用早饭时，时辰已近五刻（上午八时）了。这时，八丁堀一个叫槙原的同心老爷遣人过来，要我立刻过去一趟。我心想大清早的不知有何事，立刻拾掇好自己赶了过去。"

半七老人那温润的眼梢泛起些皱纹，好似眼前浮现出了当时的场景，略略一顿，接着又道：

"老爷家住玉子屋新道。我一进门，熟识的家仆德藏就站在门口，说老爷吩咐此事紧急，让我赶快进去。他领我进了屋，只见槙原老爷对面坐着一位四十岁左右、风度不俗的武士。那人是里四番町一位石高八百五十石、姓杉野的旗本老爷府上的管家。他递给我的名札上写着中岛角右卫门。我与他按规矩行毕初次见面的礼数后，一旁的槙原老爷便迫不及待地开口了。原来是管家私下有事相求。此事不能声张，必须暗中探查。虽然有些强人所难，但老爷要我在听完详情后，在年节前解决此事……此乃公务，我自然应下。听完角右卫门的描述，事情梗概大致如下。"

事情发生在八天前。今年御茶水 [1] 圣堂 [2] 与

---

[1] 御茶水：指以现千代田区神田骏河台为中心，从东京都文京区汤岛至千代田区神田一带的台地。江户时，这一带均为武家宅邸。古时北侧的本乡台（汤岛台）与南侧骏河台相连，称为"神田山"。德川家第二代将军德川秀忠在位时期，此处挖掘了一条东西方向的水道，这条水道作为神田川的泄洪道兼江户城外的护城河，同时形成了如今的溪谷地形。同一时期，水道北侧高林寺中涌出一眼清泉，泉水被献给将军煮茶，是为地名"御茶水"的由来。

[2] 圣堂：汤岛圣堂。元禄三年（1690）江户幕府第五代将军德川纲吉所建。刚建成时为孔庙，后成为幕府直辖的学府。

往年一样，进行了"素读吟味"考学。所谓"素读吟味"是旗本、御家人子弟的学问考试。按照当时的习俗，凡武家子弟，不问身份高低，年至十二三岁时都必须去圣堂接受四书五经的诵读考学。无法顺利通过考学的子弟便算不上独当一面。参加考学的子弟须于考前一个月向各组的监考官提出申请，随后便会收到通知，要求考生须于考学当日五刻半（上午九时）到达圣堂。收到通知的数十名——有些年份甚至能达到数百名——少年将在考学当天一齐来到圣堂南楼，再逐个来到以林图书头[1]为首的诸多大儒面前，坐在一间半长（约2.7米）的唐式大书桌前接受朗读考试。成绩优异者依其身份地位可获赏绸缎或白银。

虽然报到时间为五刻半（上午九时），但按惯例，受试者须在六刻（早上六时）之前进入圣堂大门，故而住得远的子弟不得不在天亮之前就出

---

[1] 图书头：幕府官职名。图书寮的长官，负责管理国家藏书及佛像等。

发，然后在圣堂内等到四刻（上午十时）开始考试。虽然说是武家子弟，终归是一大群十二三岁的顽劣男孩聚在一起，等待场所内自然吵嚷不堪。当值的差役们连哄带骂才堪堪能制住他们。少年们依其身份地位穿着带家纹的黑色纺绸窄袖袍，有资格面见将军的武家子弟则外搭上下颜色不同的裃[1]，在此以下级别的子弟则穿普通的麻质裃。

角右卫门主家的少爷杉野大三郎今年十三岁，同样递交了考学申请。大三郎在同级武家中是有名的美少年。他今日身穿黑色肩衣和葱绿色袴，额前留着刘海儿[2]。那姿态，俊美得如戏文《忠臣藏》中的力弥[3]。由于是高官之子，他出门时身边带了个二十七岁的武士随从山崎平助和一个仆役又藏。考学当日七刻（凌晨四时），一行人出了位

---

[1] 裃：江户时期武士的日常礼服，分肩衣和袴。

[2] 日本武士习惯将额头至头顶的头发剃掉，称为"月代"。未成年的武士会只剃头顶的头发，保留刘海儿，成年之后便会将刘海儿也剃掉。

[3] 力弥：歌舞伎剧《假名手本忠臣藏》中的登场人物大星力弥，形象是元服前（即未成年）的美少年。

于里四番町的家门。尖锐的寒意刺痛眼睛。又藏举着带家纹的灯笼在前头开路。三人踩着草履踏着晨霜一路前行。

走过水道桥时，冬季的天还未亮。一团昏黑的松树树影的上方，几颗冷白宛如枯霜的星子孤寂地在天边亮着，御茶水的河流笼罩在灰色的雾霭之下，河上一派缥缈之景，甚至连一丝水光都不见。这里的晨霜似乎格外多。高高的河堤上枯草遍地，倒伏的草茎上染着厚厚的白霜，像是埋在积雪之中。狐狸的嚎叫声不知从何处传来。三人呵着白气，沿着河堤往上爬。平助无意中踏入某处积霜，一脚踩滑，他赶紧叉开双脚站稳，岂料竟挣断了新草履的鞋带。

"伤脑筋。又藏，把灯照过来。"

就着仆役照过来的灯光，平助蹲在堤坝上绑草履带。好不容易处理完毕，回头一看，发现本应站在一旁的大三郎竟不见了。两人大骇。想着少爷是个孩子，许是丢下二人先走了，于是两人便喊着少爷的名字追上去，谁知走了半町左右的距离，依然不见少爷人影，而且怎么喊也没有人回应。只有偶尔零星几声狐狸的叫声打远处传来。

"莫非被狐妖迷走了？"又藏忐忑地说。

"你可真能胡扯。"平助讥讽道。可他也想不通缘由。自己蹲下绑个草履带，又藏弯腰照个灯笼的工夫，大三郎就悄无声息地没了踪影。如此短的时间内，少爷不可能走远，也不可能叫不应。尤其眼下还是路无行人的黎明时分，不可能有人拐走这位美少年。平助百思不得其解。

"再怎么说，少爷还是个孩子。许是站着太冷，一个劲先往前跑了。"

两人认为手足无措地待在原地也不是办法，只好先疾步赶到圣堂。问过负责的差役，对方却说杉野大三郎还未报到。两人闻言大失所望，只好再原路返回，沿着来路边走边找，然而到处都不见大三郎的踪影。

"难道真被狐妖迷走了？抑或是遇上了神隐？"平助也不禁开始怀疑。

这个时代的民众一般都相信"神隐"。当时不只孩童，连某些年岁较大的成人也时常会突然失踪五日、十日或半月以上，更有甚者，失踪的时间能长达半年一年。然后，他们又会在之后的某日忽然出现，并且出现的地点大抵都不寻常。有人倒在前门，有人恍恍惚惚地站在后门，甚至有人在屋顶上哈哈大笑。这些人得救并经过一番悉心照料之后，旁人向他们询问情况时，他们大多都跟做梦似的，什么都不记得。有人说有奇怪的山伏 [1] 带自己飞到了遥远的山野中。众人都传，那山伏大约是天狗。平助虽然认为自己身为武士，不该相信这些神鬼怪异，可眼看着如今这境况，他也开始忐忑不安，内心萌生了少爷或许也被天狗山伏掳走了的念头。

无论如何，兹事体大。跟随幼主出门，竟然让他下落不明，两人自然不敢觍着脸回府。又藏

---

[1] 山伏：在山野中修行的修验道行者，也称修验者，头戴名为头巾的多角形小帽，手持锡杖，身穿名为袈裟或筱悬的麻织法衣，持有法螺贝以在山中相互联络或传送信号。

也就罢了，平助作为武士，如今这情况按例非得切腹谢罪不可。两人束手无策，只能面如死灰地频频叹气。

"罢了，只能回府禀明实情了。"

平助鼓起勇气，与又藏一道往回走。先前来来回回一直跑，费了不少时间。当两人拖着疲累的双腿再次走过水道桥时，又藏灯笼里的蜡烛已只剩下少许，狐叫声也已变成鸦鸣声。

杉野府邸接到这不可思议的报告后，上上下下急得人仰马翻。家主大之进勒令家中人严守此事，绝不可泄露出去。接着派人通知圣堂，称大三郎突发急症，无法参加当日的考学。平助和又藏自然因其疏忽失职受到严厉呵斥，幸而家主通情达理，没有一味苛责这两个失职的家臣，只是命令两人全力以赴，尽快找出少爷的下落。

平助和又藏自然难辞其咎，无论如何都须肩负起找到幼主的责任。此外，不仅他们两个，全府人都要出去分头寻找少爷的去向。家主又让夫人替他去平素礼奉的市谷八幡神宫[1]和供奉氏族守护神的永田町山王权现社[2]祭拜。有些婢女则跑去找有名的算命先生卜卦。虽然宅邸表面上波澜不惊，其实内部已是天翻地覆了。如此过了三五日，美少年大三郎依旧去向不明。主人和家臣都束手无策，管家角右卫门一看这事已非自家人暗中搜索能解决，故而今早悄悄拜访八丁堀同心槙原的宅邸，请他帮忙秘密调查。

"事关宅邸名声，还请你务必隐秘行事。"角右卫门一再嘱咐道。

"遵命。"

作为参考，半七询问了大三郎的外貌和着

---

[1] 市谷八幡神宫：市谷龟冈八幡宫。位于今东京都新宿区市谷八幡町。该神社是太田道灌在文明十一年（1479）江户城筑城之际，从镰仓的鹤冈八幡宫分灵而来，作为江户城西方的守护神。与镰仓的"鹤冈"对应，人们称其为"龟冈"八幡宫。

[2] 永田町山王权现社：山王日枝神社。位于今东京都千代田区永田町。旧称"日吉山王权现"。主祭神为日本神话中统御所有大山的大山咋神，别称"山王"。

装，又打听了他的性格品行。原来大三郎五岁开始习字，七岁学习朗读《大学》。角右卫门自豪地说，少爷读写俱佳，此次考学申请朗读的，也是无注音的纯汉文四书五经。根据角右卫门的描述来判断，大三郎似乎也免不了具有这类孩子惯常的文弱气质。看来，他不仅容貌温和，性子也温柔和顺。

"敢问少爷可有兄弟？"

"少爷是独苗。正因如此，不要说老爷，连身为臣下的我们也忧心忡忡，还请您明察。"

这位忠义的管家眉心皱得越发深了。

二

　　神隐——出生在这个时代的半七并不觉得它完全是迷信，世上未必没有这等不可思议之事。如果此事确实是真正的神隐，那么自己也爱莫能助。万一此中暗藏古怪，自己也有信心能设法找出内情。故而半七向角右卫门保证，自己定会在力所能及的范围内全力以赴。

　　回家途中，半七陷入沉思。武家宅邸里一般都隐藏着各种各样不可外传的秘密。管家看似言辞坦诚，但必然不会透露那些会为主家招来麻烦的事情，因而此次事件背后未必没有复杂的内情。若只凭管家的片面之词去推断，或许会误入歧途，出现大纰漏。总之，如果不先去里四番町附近转转，打探一下杉野府邸的风闻，这件案子便无从下手。故而半七先回了赵家，接着登上了九段坂[1]。

沿着一旁的填筑空地进入武家聚居的里四番町后，杉野家的府邸甚为气派，午后的冬日明晃晃地照着朝南长屋的窗子。半七抓着一个从门里出来的酒铺伙计，不动声色地打听府内风声，却没打听到什么线索。半七在附近的救火班里有熟人，想着去那里或许能打探到些有用的情报，故而打发了酒铺伙计，刚走了七八间路，便看见旁边的大宅邸里走出个提着食盒、脸蛋微红的年轻女子。

"哟，这不是阿六嘛。"

半七一打招呼，年轻女子便停下了脚步。女子身材矮小，体态肥胖，蛤蟆似的脸上敷满了白粉，前发上绑着一块红布。

"哎呀，原来是三河町的头儿。有段时间没见啦！"阿六故作娇媚地寒暄道。

---

[1] 九段坂：旧江户城，即如今的皇居，北端田安门前的一段坡道。江户时期此处有九段石级和称为"九段屋敷"的幕府御用房屋，故而得名九段。

"这大白天的，就满面红光啦？"

"哎呀，"阿六用袖口掩着脸颊笑道，"有那么红吗？刚才在屋里，客人硬要我喝一杯。"

她是出入武家仆役房兜售吃食的女人，提着的食盒中放着寿司、点心等吃食，但她这类人的目的并不只是卖吃食。当然，她们绝对称不上美人。不管是当夜鹰还是提盒女，她们都要在不甚美貌的脸上涂脂抹粉，向渴求女色的武家仆役们献媚。半七觉得在这里遇见提盒女阿六甚是幸运，便凑过去小声问道：

"你也进出杉野大人家吧？"

"不，我从来没去过哦。"

"这样啊……"半七有些失望。

"因为那里是有名的鬼屋嘛。"

"嗯？那里是鬼屋？"半七疑惑道，"那宅子闹什么鬼？"

"虽然不知道是哪路鬼怪作祟，但很可怕。只要一说'牵牛花宅邸'，这一带谁不晓得？"

牵牛花宅邸——听了这名字，半七想起来了。

以前虽然不知那是不是杉野宅邸，但他一贯知晓里四番町附近流传着牵牛花宅邸的鬼故事。皿屋敷、牵牛花宅邸……番町一带类似的鬼屋很多，也算是这个时代的特产。根据传言，许久以前的一位牵牛花宅邸主人曾因某些原因杀了自己的妾。传闻当时是盛夏，被杀的妾室穿着牵牛花图案的浴衣。自那之后，牵牛花便诡异地开始在宅邸里作祟。听说这座宽阔的宅邸里一旦有牵牛花开放，家中必定要发生凶事。故而每到夏秋季节，仆役们每日都会一丝不苟地从宅邸前庭巡视到后方空地，一见到牵牛花、葫芦花之类，只要是可能开花的藤蔓就会被连根拔除。甚至如果有商人在盛暑问安时如果送上绘有牵牛花图案的团扇，也会被拦在门外。这些传闻半七亦早有耳闻，但却是头一回听说杉野府邸便是牵牛花宅邸。

"原来如此。原来那里就是牵牛花宅邸。"

"虽然不会对外人如何，但那到底是久负鬼屋之名的宅子，进出那里心里还是会发怵的。"阿六皱起眉头。

"说的也是。"

说着，半七不经意回头一看，正瞧见一名武士从牵牛花宅邸的大门里走出，静静往九段方向走去，看那打扮像是侧近扈从。

"你可认得那人？"半七对武士扬扬下巴，问阿六道。

"不曾说过话，但那人好像叫什么山崎。"

半七立刻断定那是武士随从山崎平助，于是告别阿六追了上去。追到行人稀少的宅邸围墙外，半七自背后叫住山崎。

"喂、喂，恕我无礼，您是杉野大人府中的人士吧？"

"正是。"武士回头答道。

"是这样的，今晨得见贵府管家大人，听得贵府近日正因某事发愁，鄙人心下亦是担忧。"

见对方一脸戒备地盯着自己，半七透露了自己见过管家角右卫门一事，接着又问他是不是山崎大人。对方回说是。即便如此，他也没有缓和不安的神色，依旧不错眼地盯着眼前的捕吏。

"少爷的去向，您当真没有一点线索？"

"全然没有线索。"平助惜字如金地回答。

"莫非是神隐？"

"不知道，也未必不可能。"

"若真是神隐，此事便无从下手。当真没有任何其他线索？"

"没有。"

半七接二连三地抛出疑问，平助始终只是一脸冷淡地应着，似是在竭力回避应答。半七心想，此事连管家角右卫门都不惜纡尊降贵地恳求自己，平助作为担责之人，照理更应视自己为助力，主动与自己求教商议才是，为何他却一直戒备地盯着自己，紧闭嘴巴不想开口？半七想不通。此事若有闪失，平助少不了切腹告罪，可他竟能如此冷淡对之。半七心下疑惑，再次打量起男子。

平助二十六七岁，身材算是矮小，肤色白皙，眼神澄澈，是武士宅邸中常见的有些机灵的扈从形象。凭借多年经验，半七一眼便知，他绝不是在自己随行的少主走失之后还能若无其事的愚钝之人。如此，半七越发觉得他可疑。

"方才说过，此事若真为神隐则另当别论，否则鄙人定会将少爷找到，还请大人放心。"半七断然承诺道，意在试探眼前人。

"这么说，你已有线索？"平助反问道。

"眼下虽未有，但鄙人已是多年的老捕吏了，想必能找到法子。只要少爷还活着，鄙人定会设法找到。"

"是吗？"平助仍不肯坦诚相待。

"您这是准备去哪儿？"

"没什么去处，只是每日在江户市中打转，希望尽早寻到少爷……也劳你多加费心了。"

"鄙人自当尽力。"

于是，平助别过半七离开，走走停停，时而似有些忐忑地回头张望。这可疑的举动更让半七添了疑心。他本想立刻跟上平助，可光天化日之下不好行动，只好暂且作罢。

三

正当半七立在巷角琢磨之后该去何处查探时，方才告别过的阿六带着另一个姑娘边笑着边从巷里拐了出来。

"呀，又和您遇上了。"阿六笑着搭话道。一旁的姑娘则默默点头致意。

"真是有缘。"半七也笑了。

与阿六一道的姑娘看着有十七八岁，身形苗条，手里也提着个食盒。她穿着整洁的平纹和服，袖口和下摆垫了棉花，发髻大概是刚找人绾好的，头上也戴着块红布。虽然鼻子生得有些低，但五官样貌长得比阿六清秀许多。

"头儿，这位小安就是出入牵牛花宅邸的。"阿六打趣一般拍拍身旁女伴的背。

"哎呀，讨厌。"身旁女子也缩着肩膀笑道。

"这位姑娘叫什么？"

"她叫小安……阿安。"阿六牵过女子的手，故意递到半七面前，"头儿，您替我说她几句。这丫头天天在我面前说她的情郎有多好，我都遭不住了。"

"哎呀，别胡说，呵呵呵——"

即便是人流稀少的武家町，在路上被拉着听提盒女的痴缠情话也着实令人难以消受。半七被刺激得一哆嗦，眼下也只能强作镇定，奉陪一番了。半七做好了打算。

"瞧你很是高兴嘛。入了姑娘眼的那位情郎也是牵牛花宅邸的人？"

"那可不？"阿六抢着答道，"就是屋里那个叫又藏的俊俏哥儿。"

又藏这个名字在半七胸中回响。

"哦，又藏啊。"

"您认识他？"阿安有些难为情地问。

"倒也不是全然不认得。"半七顺着她的话说道，"可我听说那人是个花花肠子，你可得小心，别被他骗了。"

"您说得太对了。"阿安脸色严肃地点头道，"说什么年底要给我做一身新衣裳，全是敷衍哄骗我呢！头儿，您想，眼下不就要到年底了吗？他若真要给我做春衣，多少也得给我一两定钱吧？不然我就算去了铺子里，也说不出个一二来呀！每次一问，他就随口说什么明天给、后天给的，光知道敷衍人家。太气人了。"

听她发了这一大段牢骚，半七越发招架不住，但还是挂着笑容继续与她聊：

"好了好了，你就原谅他吧。不是我说，他一年的俸金也就三两，要他凑出一两二两的，哪儿那么容易？你既然疼爱他，总得体谅体谅他，否则就太凉薄啦。"

"可是，阿又说他最近会有一大笔钱进账，我听了当然会期待呀？难道这也是骗我的？"

"这我如何知晓？不过照他的性子，应当不是全然骗你的。你再等一等就是了。"

眼看半七招架不住，一旁的阿六伸出了援手：

"哎呀，小安，差不多得啦！你看头儿都为难了。阿又大哥的事，我来打包票就是了，你就放心吧。"

半七趁机准备逃跑。对方到底是提盒女，总不能毫无表示地一走了之，故而半七掏出二朱银子夹入纸中，递给阿六。

"一点小意思，两位姑娘拿去吃碗荞麦面吧。"

"哎呀，这怎么好意思？多谢您啦！"

半七将二人频频的道谢声抛诸脑后，忙不迭地离开了。平助忐忑不安的神色，又藏近期将有一大笔钱入账的传闻，以及牵牛花宅邸的闹鬼传说……半七将此三者联系在一起考虑，但眼下还未能发现值得注意的地方。他将手揣在怀里，心不在焉地走下九段坂。

回家坐在长火盆前，半七盯着炭灰陷入沉思，冬日昼短，日头在不知不觉中几近落山。半七早早吃过晚饭，再度爬上九段长长的上坡，拐进里四番町。只见家家户户的屋瓦上都染上了略显清冷的余晖，那座传闻中受鬼怪所扰的牵牛花宅邸正紧闭高大的门扉，仿佛是一座空宅。半七悄悄

询问门房大爷:

"这屋里的又藏可在?"

对方回答,又藏方才知会了门房一声出门去了,定是去了附近一家叫藤屋的酒肆里喝酒。半七又问扈从山崎去了何处,门房回答,他白日出门后便未曾归来。半七谢过门房,出了巷子。天色已全然暗了下来,远处岗哨的蜡烛灯笼透着隐隐的红光。半七找到酒肆藤屋,在店门口偷觑一眼,只见一个武家仆役打扮的男人就着一小碟山椒,正津津有味地喝着盛在酒升中的酒。

半七拿出手巾蒙住脸。藏在酒肆门前的柴堆后偷偷打量男子,只见他正与掌柜谈笑,最后没有付账就走了。

"今晚就让我赊账吧,两三日内一定连本带利地还上酒钱。哈哈哈——"

他似乎醉得不轻,吹着寒冷的夜风,心情甚好地哼着小曲儿走了。半七蹑手蹑脚地尾随其后。只见他并未回府,而是从九段坂上端往南穿过单侧全是旗本宅邸的区域,来到荒无人烟的千鸟渊[1]旁的空地。仔细一瞧，那里还站着一个男子。二十六日的冷白冬月高悬在对侧河堤的松树之上，月光鲜明地照出男子的白色身影。眼尖的半七一瞬间便认出他就是山崎平助。他与又藏约在此处，究竟有何事相谈？此刻，明亮的月光既方便了半七，又妨碍了半七。他蹑手蹑脚地摸到那片空地的对面，在一所大宅子前悄悄停下。他知道门前的水沟是条空沟，于是像狗一样匍匐前进，悄悄钻进沟里，躲在栅栏背后竖起耳朵偷听二人交谈。

"山崎，两分金子哪儿够？您再帮帮忙。"

"我可是连踩镫上马的劲都使出来给你凑钱了。之前那五两你花哪儿去了？"

"去了趟救火班被人抢光啦。"

"别赌了！跟路旁的竹笋似的，净让人剥皮。混账东西。"

"哎呀，我哑口无言。眼下被您骂了，我还说这些或许有些不妥，但您也知道，阿安那小蹄子，

---

[1] 千鸟渊：江户城的西北段护城河。北起九段坂上端的田安门，南至江户城西侧的半藏门。

104

最近老缠着我要新春衣。我也是个男人，总得想办法给她凑出来不是？"

"嗬，你可真是个好男人。"平助讥讽道，"别说春衣，不如把四季的衣服都给她凑了吧。"

"所以呀，这不就想请您帮帮忙……"

"承蒙抬爱，可我担不起。我也不是享食邑的高官，年节前哪儿有余力照拂你？"

"我不是让您亲自照拂我，是想让您去求夫人……"

"哪有三番五次去跟夫人讨要的道理？先前那事夫人已用十两了结。我与你平分了那十两，你还有什么不满？"

"并非不满，而是请求呀。"又藏不肯罢休，"您想想法子，那娘儿们缠得我着实受不了。这种受人催逼的滋味您也不是没尝过，推己及人，体谅体谅小的也好吧？"

由于对方坚持沉默不予理会，又藏好像也开始急了，已然醉酒的他说话也粗暴起来：

"这么说，你是无论如何也不肯帮我这个忙

了？那我也没法子了。听说管家大人今早去了八丁堀，不如我也去八丁堀供出少爷的下落……"

"想威胁我？"平助冷笑道，"向两国的社戏看多了，装模作样地威胁起人来了？这些话你跟别人说去吧！可惜你找错了场子，町奉行管不了武家事。"

虽然说才刚入夜，世间喧扰已然沉寂，两人言辞上的你来我往皆清清楚楚地传入了半七耳中。眼看着这场争执无法善了，两人果然开始尖声互骂。最终，二人的影子扭打在一起。口上没讨到便宜的又藏终于忍不住大打出手。然而平助身为武士，精通武艺，将对方扭倒在地，脱下脚上木屐不断地殴打又藏。

"河童竖子，八丁堀也好，葛西[1] 源兵卫堀[2]

---

[1] 葛西：葛西指武藏国葛饰郡地界，大约相当于如今东京都葛饰区、江户川区全域，以及墨田区、江东区部分。

[2] 源兵卫堀：江户时代自大横川北端连接隅田川的一段河道，即本所北部的源森川，因当时架设在河口通往水户宅邸的桥名为"源平桥"而将此段河道称为"源兵卫堀"。此处素有河童的传说，据传河童之间不同势力曾发生过斗，后由幕府将军找河童元老仲裁后才平息。

也罢，尽管去吧！终归我是可以换主的仆从，万一事情败露，不管三七二十一，至多被撵出府罢了。你若不服气，那随你的便吧！"

平助拂去衣服上沾的尘土，悠悠然走了。而提盒女的情郎挨了打，讨了骂，颓然倒在地上。

"大哥，你这一身可谓狼狈呀。"半七从沟里爬出来，出声道。

"说什么屁话。干你什么事？"又藏气恼地爬起身，"再啰唆，小心我揍你！"

"好了好了，别再气了。"半七笑道，"怎样？不如去喝一杯去去晦气。咱们在救火班见过一两回，倒也不算完全陌生啦。"

说着，半七扯下手巾，又藏透过月光看到半七的脸，又是一惊。

"哟，原来是三河町啊。"

四

第二天一早，半七前往八丁堀槙原宅中，发现杉野的管家角右卫门也在。原来这位忠肝义胆的管家前来询问昨日有没有寻到一星半点的消息。槙原虽觉得他太过心急，但见对方如此上心，自己只好仔细解释一番，此时正好半七前来拜见。

"管家一直挂心此事。如何，可找到一些线索？"槙原立刻问半七。

"是。已然查清了。敬请大人放心。"半七不假思索地回答。

"查清了？"角右卫门膝行向前，说道，"那少爷到底在……"

"在府里。"

角右卫门目瞪口呆地望着半七。槙原也皱起了眉心。

"什么？在府里？究竟是怎么回事？"

"贵府有一武士厮从名为山崎平助，即当天早晨随行少爷身侧之人。少爷眼下应是在贵府下人房中……"

角右卫门讷讷地点头，示意半七接着说下去。

"少爷应是被藏在下人房的壁橱里。三餐吃食好像是藏在一个叫阿安的提盒女的食盒中，每日从外头送进去。"半七说明道。

然而此番说辞尚未能说服二人。槙原又问：

"他们为何要将少爷藏在那种地方？是谁出的主意？"

"听闻是夫人的指示。"

"夫人……"角右卫门越发惊诧。

一切太过出乎意料，饶是经验丰富的槙原也如堕五里雾中，只是瞪大了眼睛，如木偶一般哑口无言。半七继续说明。

"恕在下冒昧，听闻贵府诨名为牵牛花宅邸……哦，听闻府上极为厌恶牵牛花，然而今年夏季，府上的庭院里开出了白色牵牛花……"

角右卫门一脸苦涩地再度点头。

"正是那牵牛花引发了此次事件。"半七说。

牵牛花开，家宅必有凶事，宅邸里的人知晓花开后亦沉下了脸。家主不甚在意这些事，对此一笑了之，夫人却甚为忧虑，成日担心会发生祸端。然而，上月末，有件小事触动了夫人的心弦。

杉野宅邸附近有一片俸禄三四十至五六十俵 [1] 的下级御家人聚居的家宅。某日，少爷大三郎带着仆从又藏前去探访赤坂的亲族。归途走到自家宅邸附近时，四五个下级御家人的孩子就在门前大路上玩耍，最大的也就十二三岁。其中一个孩子玩得入迷，奔跑时撞上了大三郎，两人一起

---

[1] 俵：本为盛装谷米、木炭等农副产品的圆柱形草袋，后成为独立于尺贯法体系的特殊单位。本为体积单位，现为重量单位。江户时代各地藩领 1 俵分量各不相同，幕府以 3 斗 5 升为 1 俵。此外，"俵"为没有领地的下级武士阶层的俸禄单位，按照负责派发俸米的藏米知行的换算方法，米 1 俵 =1 石 = 金 1 两。如今在谷米交易的实务中，1 俵 =60 千克。

摔在路边。虽知对方并无恶意，可到底是主人被撞倒，又因对方只是小官子侄，随行的又藏拎起那孩子的后颈便啪啪痛打。这自然是又藏的过失。对方再怎么说也是武士之子，如此不问是非便上手殴打是什么道理？再者，这厢瞧不起对方身份低微的同时，那厢对于上位者也有种扭曲的嫉妒。故而他们立刻召来同为小官子弟的同伴，手持木刀或竹刀，大约十五六人呼喝着追了过来，其中亦有看似某人兄长的青年挥舞着包了布团的圆头枪冲过来。又藏见状大惊，如今再去赔罪又觉憋屈，故而便拉着幼主拼命逃走了。追到杉野宅邸门口的孩子们叫骂道：

"你们给我记着！素读吟味考学时定要你们好看！"

跌跌撞撞跑进大门的大三郎脸色煞白。此事传入夫人耳中，惹得她本就紧绷的心弦更为惊疑。那些孩子俱要参加下月的素读吟味考学，而出席圣堂考学的武家子弟中，高官子弟与小官子弟向来水火不容。高官子弟讥讽无权面见将军的小官子弟为"乌贼[1]"，小官子弟也不甘示弱回讽对方为"章鱼"。此种"乌贼"与"章鱼"之争年年上演，有时甚至会爆发拳脚冲突，往往让主管官员和随行仆从大为头疼。双方偶然相遇就已如此，更别提对方一开始就怀恨在心，打算伺机报复时会闹成什么样。每次考学终归是大官子弟的章鱼组为少数，小官子弟的乌贼组为多数。若自家孩子生得魁梧壮实、争强好胜也就罢了，可他偏偏是个体形瘦削、温顺随和的性子。这让她这个做母亲的越发惊惶，认为今年盛开的牵牛花一定就是此番祸事的先兆！

然而考学申请已经递上去了，如今不可能撤回。同时夫人知晓，即便将此事告知夫君，以他平素的秉性来看，定不会放在心上，故而夫人只能独自痛心。日子一天天流逝，考学之日愈加迫近。夫人忧思过甚，每夜做起噩梦，前往寺庙求

----

[1]"乌贼"的日语读音与"以下"相似，意指对方为"御目见以下"，即没有资格入城觐见将军。

签也总是抽到凶签。夫人不堪忍受，开始寻求让儿子不去参加考学的办法，故而私下悄悄寻来家中扈从平助商谈。

女人的浅见加上扈从的小聪明，于是编织出了眼下这出欺瞒众人的大戏。至于又藏，他本就与此次事端脱不了干系。两人要他入伙，他自然无法推托。他们向温顺的大三郎说明原委，带着他中途折返，趁天还未亮之际将他带入了平助的屋子，打算寻个好时机再将大三郎放出来，假托遇上神隐瞒天过海。对于为她暗中行事的二人，夫人赏了二十五两金子。但狡猾的平助先昧下其中的十五两，再拿剩下的十两与又藏平分。

"夫人令我二人做下此等大事，竟一共只给十两金子，未免太过吝啬。"又藏愤愤不平道。

"没法子，此事本就是因你而起。"平助安抚道。

然而又藏似是隐隐察觉到平助私吞了赏金，事后以种种借口一再向平助索钱。但平助技高一筹，对此断然拒绝，不予理睬。又藏心下窝火，又逢提盒女催逼讨要春衣，不胜其烦，因而越发强硬地逼迫平助，惹得平助也不堪其扰。

"在这仆从院里大呼小叫着实不妥，今晚去护城河边见吧。"

二人约好日暮之后在护城河边见面，结果便是两人扭打起来。半七之后又哄着又藏去了附近小饭馆的二楼，委婉套话。又藏因心里着实不甘，竹筒倒豆子般说出了一切。

"事情便是如此，还请您妥善处理……"半七说。

"此事毕竟是夫人授意，若是闹大，想必会更加棘手，还请您妥善安排，以保万事无虞……"

"唉，真是多亏您了。"角右卫门如梦初醒，松了一口气，"如此总算弄清了来龙去脉。至于善后事宜，诸位认为，如何处置才能稳妥善了？"

闻言，槙原沉吟道：

"此事，还是假托神隐为上。"

槙原提醒道，此事最好不要让家主知晓，不如按夫人的计划进行到最后，以神隐为由，让一切模棱两可地结束，更有利于杉野宅邸。

"此言有理。"

角右卫门郑重道谢后离开了。过了大约三日，他带着大量礼品来到槙原宅邸，说少爷大三郎已然平安回府。

"所以杉野老爷自始至终什么也不知道？"我问。

"大概还是借口神隐解决了吧。"半七老人说，"不过又藏因为得罪了管家和山崎，无法再待下去，偷了些府内的东西与提盒女阿安私奔了。"

"山崎依然在府内当差？"

"他呀，一年后被家主砍死了。"

"莫非是神隐的秘密败露了？"

"不仅如此。"半七老人苦笑道，"受雇在旗本宅邸里当差的人中有许多心术不正的。若是被他们拿捏了短处，纠缠不休，日后就会出事。听说最终山崎被斩，夫人被休回了娘家。夫人为了孩子做下错事，结果被歹人盯上，落得一生无脸见人的下场。仔细一想，这不是很可怜吗？"

"既然如此，牵牛花没有害儿子，倒是害了他阿母。"

"或许吧。那宅子一直留存到了明治维新时期，之后不知何时被拆毁，如今那地界已盖了许多出租屋。"

04

后巷的妖猫

一

　　半七老人家养了一只三花小猫。二月一个暖和
的日子，我信步造访老人家。彼时老人正坐在朝
南的窄廊上，手掌缓缓抚摸着这只蜷在他膝上的
小动物的软软的背。

　　"这猫真可爱。"

　　"还是个小崽子。"老人笑道，"都没学会抓老鼠。"

　　明亮的日光照在邻家屋檐的旧瓦上，不知何
处传来猫儿打闹的嘶吼声。老人往声音传来的方
向望去，笑道：

　　"这家伙以后也会像那样嘶叫打闹，被你们形
容为'猫之恋'，成为和歌中的开场白[1]。猫呀，这

_____

　　[1] 日本和歌中通常会出现许多以固定表达形式代表
季节的词组，称为"季语"。俳句中更是规定了必须出现一
个季语。"猫之恋"（猫の恋）描述的是春季猫求偶时的嘶叫
声，是早春季语之一。

般大小的时候最可爱。等它长大了，大变样，到时别说是可爱了，甚至比可恶还过分，都能称得上是可怖了。往昔经常传出猫化妖之事，也不知是真是假。"

"是啊。猫妖的故事自古就有许多，确实辨不清真假。"我模糊地应道。对方可是半七老人，或许曾有亲身经历也未可知。我若贸然否认，被他抓了话柄，心里可就不好受了。

看来即便是半七老人，也未曾切身遇到过猫妖。只见他放下膝头的三花猫，说道：

"的确如此。往昔虽传下许多传说，但谁也没真正见过。我曾遇到过一桩怪事。这事虽然不是我亲眼所见，但似乎不是凭空捏造。再怎么说，那场猫骚动里也是死了两个人的。仔细一想，此事委实恐怖。"

"莫非猫咬死了人？"

"不，不是咬死人。那事非常古怪，你且听我说说。"

半七老人赶走赖在膝上的小猫，把事情从头

到尾娓娓道来。

事情发生于文久二年（1862）暮秋，芝神明宫[1] 的生姜市[2] 闭市的九月二十二日傍晚，一位名叫阿卷的老妪突然死了，她就住在离神明宫不远处的一条后巷里。阿卷生于宽政申年[3]，今年六十六岁[4]，有个孝顺的儿子叫七之助。她四十余岁丧夫，独自拉扯五个孩子长大。长女在雇主家干活时有了情郎，和他私奔了；长子则在芝浦游

---

[1] 芝神明宫：今位于东京都港区芝大门一丁目的芝大神宫。旧称"芝神明宫"或"饭仓神明宫"。

[2] 生姜市：芝大神宫在每年 9 月 11 日至 21 日期间会举行秋季祭礼，其间神社附近会大量贩卖生姜，故称"生姜市"或"生姜祭"。相传神社创建时，周边农田多种植生姜，当地民众多用生姜供奉神明。之后此习俗得以发展，当地开始向香客出售生姜。加之生姜是药用植物，易与信仰捆绑，诞生了吃了芝神明的生姜便能祛除诸恶、免患风寒的传闻，最终形成向芝大神宫供奉生姜的文化。

[3] 宽政申年：宽政十二年（1800）。该年为庚申猴年。

[4] 宽政十二年（1800）至文久二年（1862）虚岁应当是 63 岁，此处恐是绮堂算错了年份。

泳时溺水而亡；次子因患麻疹而殒命；三子则自小偷鸡摸狗，被阿卷赶出了家门。

"我真是没有子女福分。"

虽然阿卷常常如此抱怨，唯独幼子七之助平安在家中长大，更是一力承担了阿兄阿姊们应尽的孝行，自幼便勤劳肯干，很是孝敬年老的母亲。

"有那么孝顺的儿子，您也是好福气。"

原本哀叹没有子女福分的阿卷，如今反成了左邻右舍羡慕的对象。七之助是鱼贩，每日挑着鱼筐去主顾家贩卖。这个二十岁的年轻人每日起早贪黑，顶着烈日干活，虽是走街串巷的小商贩，日子倒也不至于太拮据，母子二人相处得和和气气。七之助不仅孝顺，性子也与他有些粗暴的营生不同，温顺老实，很受左邻右舍的喜欢。

母亲阿卷却恰恰相反，在附近的名声越来越差。这并非因她做了什么为人不齿的恶事，而是因她有一个招嫌的恶习。阿卷年轻时喜欢猫，随着年龄的增大，这爱猫之情不减反增，到如今已养了大大小小十五六只猫。当然，养猫是她个人的自由，谁也没资格正儿八经地去她跟前抱怨。逼仄的家中群聚着一群猫儿——这场面虽然让观者觉得阴森不快，但光凭如此尚不足以构成向饲主提出不满的充分条件。然而，这么多猫儿不可能老老实实待在狭窄的家中，而是会慢慢悠悠地溜出去，跑到邻家的厨房捣乱。就算阿卷婆给它们准备再多吃食，它们也改不了偷吃的习惯。

　　如此，近邻便有了足够的理由发难，时不时上阿卷婆家抗议。阿卷每次都赔礼道歉，七之助也跟着赔不是，但她家的猫还是叫个不停。之后也不知是谁起的头，附近那些嘴碎的便给阿卷起了个"猫婆"的绰号。且不说阿卷本人，七之助每次听见阿母的诨名时心里肯定也不会好受。但他为人老实，不敢劝说母亲，自然也无法与邻居相争。故而，他只是与一群畜生同起同睡，一声不吭老老实实地干活养家。

　　这阵子，七之助每次做完买卖回来时，鱼盘里总剩着几尾鱼。邻居们觉得奇怪，便有人问：

　　"七之助，今儿也没卖完？"

"不，这是留给家里的猫吃的……"七之助有些尴尬地说。他说，母亲吩咐他每日带些鱼回家做猫儿们的口粮，因此自己不能将从鱼市进来的鱼卖光。

"这么贵的鱼竟都拿去喂猫……那阿婆可真浪费。"听者也吃了一惊。此事传遍了左邻右舍。

"那儿子也是个老实人，阿母说什么他就照做，每日都特意剩些前阵子那样的高价鱼拿回家。照这个势头，赚多少也不够花呀。莫非比起自己的亲生儿子来，那阿婆竟更心疼那些畜生？造孽呀。"

邻居们都非常同情孝顺的七之助，反过来也就都对猫婆阿卷心生反感。本已遭嫌的阿卷如今越发被左邻右舍嫌恶，她养的猫儿也好像想火上浇油，毫不客气地溜进每家每户作乱。有人被挠破了隔扇纸门，有人被偷了鱼。众猫不分昼夜地叫个不停，南边的邻居终于不堪忍受搬走了。北面则住着一对年轻的木匠夫妇，木匠媳妇也受够了隔壁的猫儿，张口闭口就说想搬家。

"不如想个法子赶走那些猫儿？不然七之助可

怜，邻居们也遭罪。"

一位邻居忍无可忍地说，其他同住一个院的长屋邻居们纷纷附议。直接找猫婆谈判恐怕难以解决，于是决定由当月轮值的街坊先去房东那儿诉苦，说若阿卷肯将猫赶走，那大家相安无事，否则就请房东让他们搬走。房东自然不会向着猫婆。他立刻叫来阿卷，以惊扰同院房户为由，勒令她立刻赶跑家中的猫，否则即刻腾空住房，想搬哪里去就搬哪里去。

在房东的威逼下，阿卷老实应承下来。

"此次给街坊邻居添了那么多麻烦，实在过意不去。我立刻将猫儿们赶走。"

但她又说，自己实在不忍亲手赶走疼爱、养育了那么久的猫儿，想劳烦街坊们帮忙带到别处丢弃。房东觉得这也算情有可原，便将此事告知长屋住户。于是，住在阿卷隔壁的木匠带着另外两个男子上阿卷家取猫。由于猫儿前阵子刚下了崽，故而眼下共有大大小小二十只。

"各位辛苦，劳烦你们了。"

阿卷没有流露出任何不舍之情，只将家中的猫儿聚在一处交给了三人。猫儿们被分为三批，有人将之塞进空炭袋中，有人则用大布巾包着走。三人各自将猫儿夹在腋下走出巷子。阿卷目送他们的背影，竟咧嘴笑了。

　　"我也见着了，那笑容当真恐怖。"木匠媳妇阿初后来悄悄对邻居说。

　　三人带着猫各自往不同方向而去，选择尽可能偏僻的地方丢下猫，之后各自回了家。

　　"这下好了。"

　　长屋大院中的众人纷纷庆贺往后将得以安稳度日，谁知第二天一早又被木匠媳妇的报告吓了一跳。

　　"邻家的猫不知何时又回来了。我半夜听见了猫叫声。"

　　"真的？"

　　众人悄悄往阿卷家一瞧，结果又吃一惊——那群猫儿似乎在昨晚全寻路回家了，如今仿佛有意嘲笑众人的愚蠢，正在家中叫个不停呢。众人询问阿卷，后者也不知其所以然，说它们昨晚不知从哪儿寻了回来，一只接一只地自外廊或厨房的格沟窗钻了进来。传说猫能自己寻路回家，因此众人决定此次务必要寻个它们找不回来的地方丢弃。三人临行前特意歇了一天的生意，将猫儿带至品川郊区或王子边界。

之后两日，阿卷家未再传出猫叫声。

二

神明宫祭礼[1]当天夜里，同住于长屋大院中的锁匠媳妇带着七岁的女儿前往神明宫参拜，近四刻（晚上十时）时才归来。当晚月色皎皎，明亮屋顶上的夜露折射出剔透晶莹的冷光。

"呀，阿娘你看。"

女儿好像看见了什么，拉着母亲的衣袖忽然停下了脚步。做母亲的也停了下来。原来猫婆的房顶上正有一个小小的白影在徘徊。那是一只白猫。它的两条前腿高高抬起，后腿则像人一样直立着。锁匠媳妇见状，当下吓得大气也不敢出。她小声呵止女儿，悄悄观察了一阵。只见白猫拖着长长的尾巴，在屋顶如跳舞一般摇摇晃晃地直

[1] 神明宫祭礼：芝大神宫的例祭祭仪于每年9月16日举行，但9月11日至21日均为祭礼期间。

立前行。锁匠媳妇吓得浑身起了鸡皮疙瘩，见那猫儿横穿屋顶，白影消失在阿卷家的天窗中。她赶忙抓紧女儿的手，慌乱地冲入自己家中，将天窗和挡雨滑门关得严严实实。

锁匠深夜归来，叩响前门。锁匠媳妇悄悄起身，跟丈夫说起自己今夜看见的怪事，但在祭礼上喝醉了酒的锁匠并不相信。

"不像话，怎么可能有那样的事？"

他不听媳妇劝阻，潜至阿卷家的厨房外窥探，不久便听见阿卷欣喜的声音。

"哦，你今晚回来啦？真慢哪！"

说完，猫叫声如答话一般响起。锁匠吓得酒都醒了几分，蹑手蹑脚回了家。

"那猫真是站着走的？"

"我和小芳都看得真真切切。"媳妇皱着眉低声回答。小姑娘阿芳也颤抖着赞同。

锁匠也莫名觉得毛骨悚然，加之他又是前去弃猫的三人之一，心下越发不是滋味，于是又一个劲喝到不省人事。母女二人则抱作一团，一夜睡不安稳。

阿卷家的猫昨夜都回来了。听了锁匠媳妇的话，院中住户都面面相觑。普通的猫断然不会直立行走，众人皆咬定猫婆家的猫是猫妖。这风声传入房东耳中后，他也觉得心里发毛，便再次逼迫阿卷母子搬走。可阿卷说丈夫还在时她便住在这里，已经住惯了，不愿意离开。她泪流满面地向房东哀叹，说猫随他们处置，只求房东不要逼迫自己搬家。如此，房东也心下不忍，无法再硬下心肠赶走这对母子。

"之前只是丢了这群畜生，它们才会很快寻回来。这次就挂上些重石头将它们沉入海里吧，如此它们就再也回不来了。若让这些猫妖活着，以后不知会招来什么祸事。"

在房东的提议下，众人决定将猫儿们装入几只空草袋里，系上大石头沉入芝浦[1]海中。这次出

---

[1] 芝浦：江户时期的芝浦指芝地江户湾（东京湾）的海岸地区，如今的芝浦则是过去江户湾的浅滩，是明治至昭和初期"隅田川口改良计划"的填海地，行政町名为东京都港区芝浦一丁目至四丁目。

动了长屋大院里的所有男子。他们去阿卷家，要
带走二十只猫儿。即便是猫，若被绑上重石头沉
入海中，恐怕也无法再重见天日。阿卷似乎也心
知肚明，她恳求众人道：

"此番当真是永别了，我想再给猫儿们吃一顿，
还请各位稍等片刻。"

她将二十只猫都唤到自己周围。今日七之助
也没出门叫卖，阿卷便让他帮忙煮了些小鱼。阿
卷将饭和鱼分别盛在不同盘子中，放在每一只猫
儿面前，猫儿便不约而同地低头吃了起来。它们
吃了饭，吃了肉，还嚼了骨头。若只有一只猫，
这便是再寻常不过的光景。可若二十只猫一同喉
头呼噜作响，各自龇牙咧嘴、狼吞虎咽地啃食饭
菜，这景象就绝对称不上赏心悦目，怯懦之人看
了甚至会觉得毛骨悚然。满头白发、颧骨突出的
阿卷垂眸凝望着它们，不时擦拭眼角的泪水。

这些猫儿将被带离阿卷的掌控，它们的命运
不言而喻。一切按计划进行得非常顺利，猫儿都
生生地被葬送进了芝浦的海底。过了五六日，猫

儿们依旧没有归来。院里众人都松了一口气。

不过阿卷并未露出孤寂的表情。七之助也与往常一样，每日挑着鱼筐出门叫卖。离奇的是，猫儿沉海后的第七日傍晚，阿卷突然死亡。

发现此事的是住在北面的木匠家媳妇阿初。当时木匠外出干活还未归来，阿初按往常的习惯在格子门上落了锁，自己出门去了附近。阿卷家南面毗邻的屋子目前是空的。因此，谁也不知阿卷死亡时的状况。据阿初说，她当时从外头回来，正往巷子里面走时，瞧见阿卷家门口放着鱼筐和扁担。她心想是七之助收摊归来了，路过时便打了声招呼，谁知门内无人回应。秋季傍晚已然光线昏暗，屋内却未点灯，里头黑黢黢的，阴森有如坟场。阿初心下不安，探头觑了屋内一眼，结果玄关泥地上竟倒着个人。她战战兢兢地上前一步，透过昏暗的光线定睛一看，地上躺着的是个女人，而且正是猫婆阿卷。阿初立刻大声喊人。

左邻右舍闻声赶来。猫婆的死讯自长屋大院传至后巷，房东闻讯大惊，也急忙赶来。虽然说是骤死，实际到底是病死还是被害死，尚不明确。

"话说回来，她儿子呢？"

从门前放着的鱼筐和扁担看，七之助应该已经回家了，可是也不知他去了哪里，竟在这场骚动中不见踪影，委实奇怪。众人叫来郎中检查阿卷的尸体，发现她身上并无异状。虽然在她的头顶前方发现了一处类似撞伤的痕迹，但郎中似乎摸不准这是人为殴打所致，还是阿卷向地板跌倒时磕到了什么东西，因此最终诊断是中风。既然是病死，事情就简单了。房东暂时安下了心，只是还不知七之助的去向。

"她儿子到底去哪儿了？"

正当众人围在阿卷尸首旁七嘴八舌地讨论时，七之助一脸煞白、恍恍惚惚地回来了，身旁还跟着住在邻町、同为鱼贩的男子三吉。三吉已逾三十岁，外表看去是个精明机灵、朝气蓬勃的男人。

"各位好，多谢大家了。"三吉向众人客套道，"是这样的。方才七之助面色苍白地跑来我这儿，说做完生意回家却发现阿母倒在玄关泥地上死了，问我该如何是好。我便呵斥他说，此事不该找我商议，而是该尽快通知房东和院里邻居，设法处理此事。但他还年轻，遇上这样的事只会不知所措，未及细思就跑来我家，也算情有可原。我便答应陪他来请大家帮忙照拂，这才跟着他过来了。请问这事究竟是什么情况？"

"也没什么。七之助的阿母是急病骤亡。大夫说是中风……"房东一脸镇定地说。

"竟然是中风。可老人家也不饮酒，竟也会中风？她若真如您所说是急病骤亡，那确实无话可说。七之助，哭也没用，你就当老人家是寿数已至，节哀吧。"三吉劝慰七之助道。

七之助拘谨地正襟危坐，双手放在膝上躬身垂首，眼眶里满是泪水。众人知他素来孝顺，此时见他如此，心中更是悲悯。在场之人都黯然神伤，比起猫婆之死带来的悲伤，他们更怜悯七之助的哀恸，女子更是抽泣起来。

当夜，长屋大院里的人都聚在一起守夜。七

之助如失了魂一般茫然自失，缩在屋内一隅几乎不曾开口。众人见状越发同情，于是携手包办了阿卷的丧事，半点没有让七之助插手，七之助则诚惶诚恐地一再道谢。

"你瞧大家待你都这么亲切，你也不必闷闷不乐了。或许你母亲猫婆不在了反而更好。你呀，往后也得自食其力，踏踏实实干活攒钱，在大伙的帮衬下娶个好媳妇。"三吉毫不在意地大声说道。

他在逝者面前口无遮拦地说这些话，周围竟无人出言责难，可见不幸的阿卷已然失去了街坊邻居的同情。虽然不会露骨地说出口，但众人心中也与三吉有同样的想法。猫婆毕竟是人，因此并未像那些猫儿一样遭遇残酷的水葬。阿卷的遗体被众人装入简陋的棺木中，于第二天傍晚送至麻布[1]的小寺院中下葬。

那日傍晚，空中笼罩着细雨一般的雾霭。阿

---

[1] 麻布：爱宕山增上寺以西区域，现东京都港区麻布地区。

卷的棺木到达寺院时，寺中刚举办了一场简单的葬礼，送葬人正慢悠悠地准备离开。阿卷的葬礼正巧紧随其后，棺木被抬进正殿。前场葬礼的送葬人也多来自芝，不少人都认识阿卷的送葬者。

"哟，你也来给人送行呀？"

"辛苦啦。"

到处有人如此寒暄，其中有一个大眼高个儿的男子与阿卷的邻居木匠打招呼道：

"呀，辛苦了，你来给谁送行？"

"院里的猫婆。"年轻的木匠回答道。

"猫婆……名头真怪。这猫婆是谁？"男子又问。

详细听闻猫婆绰号的由来和她的死状之后，男子若有所思地歪着脑袋，最终与木匠告辞，先一步出了寺门。这男子便是半七手底下的澡堂熊。

三

"您不觉得那猫婆的死法很蹊跷吗？"

澡堂熊当晚就去了神田的三河町，将打听到的猫婆一事汇报给了半七头儿。半七默默听着。

"头儿，您说呢？您不觉得奇怪吗？"

"嗯，确实有些怪。但你报上来的事儿就没一个好的。单说今年开年时你家二楼那两个客人的案子就让我白忙活了好一阵，真是轻信不得。你去深挖一些线索再来报我。猫婆也是个凡人，生老病死，人之常情。保不齐就是年纪到了，突然猝死了。"

"遵命。这次我一定好好查，弥补开年时的过错。"

"行，那你好好去办。"

打发走熊藏后，半七心想，熊藏所说之事也

不容大意。房东的威势和大众的权柄强夺了猫婆疼爱得胜过亲子的众多猫儿，并将它们沉入芝浦海底，而猫婆又恰巧在七日之后意外死亡。此事虽然可归结为猫灵复仇或其他类似的缘故，但也有可疑之处。半七觉得不能将这事全部丢给冒冒失失的熊藏去做，因此第二天一早便造访位于爱宕下的熊藏家。

之前已说过熊藏家是开澡堂的。现在尚早，还未有澡客上二楼歇息。熊藏默不作声地将半七迎至二楼。

"您今日来得真早，莫非有事吩咐？"他小声问道。

"其实我是为了昨晚那事来的。我仔细一想，觉得确实有些古怪。"

"我就说嘛！"

"那你有什么想法？"

"还没查到那一步呢，毕竟我也是昨日傍晚才打听到这事。"熊藏挠头说道。

"若猫婆真是病死的，那也没什么好查的。

可若她脑门上的伤口真有蹊跷，你认为会是谁干的？"

"长屋大院中的某个人吧。"

"是吗？"半七思忖道，"不觉得她儿子有嫌疑吗？"

"但她儿子可是邻里称道的大孝子啊。"

为人称道的大孝子的确不可能犯下弑母大罪，这下半七也有些迷惘了。既然阿婆已顺从地将猫儿交了出去，院里的人也没理由杀她。既然不是儿子做的，也不是院里邻居做的，照理来说，猫婆之死便只能如大夫所言是中风猝死。但是半七的疑虑仍未消除。阿卷的儿子再怎么年轻也已二十岁了。母亲死了却不通知近邻，反而特意跑到邻町同行家中，这举动确实可疑。话说回来，如此孝顺的儿子又能因为什么残害已经交出猫儿的母亲呢？半七想不出缘由。

"总之，我现在再找你帮我一次，你务必好好留心，过五六天我再过来问情况。"

半七嘱咐完就走了。九月末，雨每日下个不

停。大约五日后，熊藏主动登门拜访。

"这雨真是没完没了。废话不多说，猫婆那事总也寻不到什么线索。她儿子还是每日出门做买卖，听说每天早早收摊，归途时必定会去母亲下葬的寺里祭拜，很受街坊们称道呢。还有，猫婆去世，院里人高兴还来不及，压根儿没人怀疑他。房东也好、警备所也好，都没觉得有什么，因此着实无处下手调查……"

半七咂了咂嘴。

"咱们查案的，不就是得想法子破局吗？这事不能再交给你一个人办了。明天我亲自过去，你负责带路。"

翌日阴雨绵绵，秋味甚浓，熊藏如约前来迎接半七。两人撑着伞并排而行，来到神明宫附近的片门前町。

巷子里还挺宽敞，这有些出人意料。两人径直往里走去，只见左侧有一口大井。走到井边，左转便能看见几栋长屋呈钩形分布，但长屋只排列在右侧。左侧空地似是染坊的晾晒场，蔓生的低矮秋草被雨水沾湿，一只野狗正在冷凄凄的雨地里觅食。

"就是这家。"熊藏指了指，小声说。猫婆家南面邻屋大概还空着，两人进了北邻木匠家。熊藏认识木匠。

"打扰了，今儿天气真不好。"

熊藏在门外一打招呼，年轻媳妇阿初便从屋里出来了。熊藏在门口地板沿上坐下来，与她寒暄。由于来时两人已打好了商量，此时熊藏便对阿初介绍说半七是新搬到附近的住户；又说半七此次搬入的屋子破损不少，这才来请木匠师傅进行修缮。半七接过话头，客气说道：

"我初来乍到，这一带的木匠师傅是一个也不认得，这才请熊大哥出面带我过来……"

"原来如此……也不知外子能否帮上忙，往后还请您多多关照。"

多了一家主顾，阿初也扬起笑脸圆滑地客套道。她强邀两人进入屋内，拿出烟盘和茶水招待。外头的雨声不停。白天也显昏暗的厨房里不时传来老鼠乱窜的声响。

"家里有耗子呀。"半七若无其事地说。

"您也看见了，家里老旧，总有老鼠作乱，头疼得很。"阿初回头望着厨房说。

"不如养只猫儿？"

"是呀……"阿初含混应道，脸上立刻蒙上了阴霾。

"说到猫儿，隔壁阿婆家如今怎么样了？"熊藏打岔道，"她儿子还是和往常一样拼命干活？"

"是呀，他勤快得叫人佩服。"

"偷偷跟你们说……"熊藏压低声音，"外头好像在传奇怪的流言呢……"

"是吗？"

阿初脸色又是一变。

"他们说是当儿子的一扁担打死了老母……"

"这……"

阿初连眼神都变了，来回打量半七和熊藏的表情。

"喂、喂，别随随便便说这些有的没的。"半七制止道，"这不比其他事，这可是弑母啊。若是一步踏错，本人自不必提，扯上关系的人都要遭殃。你可别胡乱说话。"

半七给熊藏使了眼色，后者会意，佯装慌神噤声。阿初也忽然沉默不语。席间一时无话，半七趁机起身。

"此番叨扰了。看今日阴雨绵绵的，我本以为师傅在家，谁知没碰上，那我下回再来。"

阿初询问半七住处，说等丈夫回家立刻让他登门拜访。半七拒绝了，说自己明日便会再来，不必麻烦，说完便告辞了。

"最初发现猫婆尸体的就是那木匠媳妇？"出了巷子，半七问熊藏道。

"是。那婆娘，一听猫婆的话题，脸色都变了。"

"唔，那我大致弄明白了，你这就回家吧，之后交给我办。不用担心。我一个人能行。"

辞别熊藏后，半七先去办其他事，至晚七刻（下午四时）再度来到巷口。雨势大了不少，半七正好用手巾蒙住双颊，撑着伞蒙头盖脸地躲进猫婆家南边的空屋中。他悄悄关上前门，盘腿坐在受潮的草垫上，静静地听着不时自屋顶漏下的雨滴声。残破的墙壁下传来蛐蛐的叫声，没有生火的空屋内有些寒冷。

屋前传来有人撑伞经过的声响，想必是木匠媳妇从外头回来了。

四

又过半晌，有一阵湿答答的草鞋声掠过，停在邻家门口。半七心想，是猫婆的儿子回来了。果然，外头传来了卸下鱼篓、鱼筐的声音。

"阿七，回来啦。"

阿初似是从邻屋悄悄走了出来，站在阿卷家的玄关泥地上嘀嘀咕咕讲了好一阵。七之助的应答声也很低，两人的对话一句也没落入半七耳中。半七隔着墙壁竖起双耳，只听七之助似是哭了，隔壁不时传来抽噎声。

"你别说这些丧气话，快去阿三那儿商量商量吧，大致情况我已跟他说了。"阿初低声喝道，一再劝说七之助。

"好了，快去。你可真叫人着急！"阿初拉起郁悒的七之助，将他拽出前门。

七之助似是默不作声地走了，沉重的脚步声朝巷子外渐渐远去。阿初目送七之助离开后，正想返回自己家，此时，空屋里的半七忽然出声道：

"老板娘。"

阿初惊诧地顿住脚步，见到半七忽然拉开空屋前门出来时，当即面如死灰。

"外头不好说话，能否请你进来一叙？"半七带头进了猫婆家。阿初也默然跟了进去。

"老板娘，你可知道我是做什么的？"半七先问。

"不知。"阿初细声回答。

"就算不知我是做什么的，阿熊那小子除了开澡堂还在干什么营生，你总知道吧？你肯定知道。毕竟你男人和阿熊那么熟，不是吗？这些先不提，你方才和那鱼贩嘀嘀咕咕说了什么？"

阿初垂首呆立，没有应声。

"你不说我也知道。你给那鱼贩出主意，叫他去找邻町的三吉商议了吧？先前熊藏说对了，那晚的确是七之助拿扁担打死了老母。你明知这事却包庇他，让他逃去了三吉家。三吉再一脸无辜地过来红口白牙掰扯几句，将七之助带了回来，是不是？我这卦若算得不对，分文不取！你们的说法或许能糊弄大院里的人，但糊弄不了我们。七之助自是犯了大罪，但与他一同演戏的三吉和你都是同党。我会将你们一个串一个地都绑走，做好准备吧！"

在半七气势汹汹的斥责下，阿初吓得哇的一声哭了起来。她跌坐在门口的泥地上，俯首向半七求饶。

"依情况不同，倒也不是不能网开一面。你若想求上头大发慈悲，那就老实招来。怎样？我猜得没错吧？你与三吉勾结，包庇了七之助的罪状。"

"头儿英明。"阿初浑身发抖，双手触地拜倒。

"既然如此，你从实招来吧。"半七软了声气道，"七之助为何要杀他阿母？他既然是孝子，定然不是事先谋划，难道是起了争执？"

"是因为他阿母变成了猫。"阿初仿佛一想起当时的情景便毛骨悚然，身子缩成了一团。

半七笑着皱起了眉头。

"是吗？猫婆变成猫……别是某个戏本子里的桥段吧？"

"不，这是真的，我没骗您！阿卷婆真真切切变成了猫！当时我也吓破了胆！"

半七凭借多年的经验判断，她因恐惧而打战的嗓音和发白的脸色都不似作假。他也不禁敛容正色。

"这么说，你亲眼见到这家阿婆变成猫了？"

阿初说自己确实见到了。

"事情是这样的。阿卷婆家中还养着众多猫儿时，吩咐七之助每天带回几尾用来做生意的鱼回家喂猫。之后猫儿们都被投入芝浦海中，家里一只不剩，可阿卷婆还是如往常一样，要七之助每天带鱼回来。七之助是个老实孝顺的，阿母说什么他就应什么。我家男人听了这事后直呼荒唐，说家里已经没有猫了，何必再拿那么多高价的鱼回来？所以就劝七之助不要这么做了。"

"那阿婆要那些鱼做什么？"

"七之助也不知道。听说他每日将鱼收进厨房的橱柜里，第二天早上鱼就都不见了……七之助也不知是怎么回事，觉得古怪。我家男人就给他吹风说凡事都须一试，让他下次不要带鱼回家，看他老母会怎么办……七之助好像被说动了，就在前阵子的傍晚——就是神明宫祭礼结束后的第二天傍晚——故意空着鱼筐回来了。我当时正好出门买东西，回来时在巷角碰上了七之助，便与他一同进了巷子。原本到家立刻分开便无事了，可七之助今日空着鱼筐回来，我想瞧瞧他阿母会如何反应，便站在门口偷偷探看。七之助进了门，放下鱼筐，紧接着他阿母从里头出来……马上锐眼如刀地瞥了一眼鱼筐……说了一句：'咦？今天怎么没带鱼回来？'此时阿卷婆的脸……忽然双耳竖起，眼眸发光，唇角咧开……正如一只猫！"

阿初好似正瞧着那张恐怖的猫脸，盯着昏暗的房间，大气也不敢出。半七也有些摸不着头脑。

"这可真奇了。后来呢？"

"我吓了一跳，就见七之助忽然举起扁担往

他阿母的脑门上砸了下去。阿卷被击中要害，没来得及出声便滚落泥地，似是就此断了气。我见状又吓了一跳。七之助面色可怖地站在那儿盯着阿母的尸骸看了半晌，接着好像突然慌了神，从厨房拿出菜刀打算切断自己的喉咙。事到如今已不能不管，我便冲进去拦住了他。接着，我问他为何要杀人，结果他也说看见阿母的脸变成了猫。他以为是猫儿不知何时咬死了自己的母亲，再化作母亲的样子。孝顺的七之助想给母亲报仇，就一股脑儿抡起扁担打了下去。打完了一看，发现死的依旧是老母，尸体没长尾巴也没生毛发。这么一来，他便是犯了弑母大罪，于是决意自裁。"

"阿婆的脸真的变成猫了？"半七再度确认道。阿初断言自己和七之助确实看见了，否则孝子七之助不可能殴打母亲的头。

"我们以为猫妖或许过会儿便会现出原形，可盯着尸体看了好一阵，阿卷婆依旧长着人脸，不论过多久都没有变成猫。我们打破脑袋也想不通她当时为何会化出恐怖的猫脸，莫非是死去的猫灵附在了阿卷婆身上？可是七之助就此背上弑母大罪着实太过可怜，况且原本就是我家男人出的主意让事情变成了这样，因此我竭力安慰七之助，与他一起到他平素交好的邻町三吉家商量对策。这里隔壁本就是空屋，我们出入巷子时恰好也没人瞧见。此后三吉出了些主意，让我先一步回来，佯装刚刚发现尸体，闹出动静。"

"这样就都清楚了。今天我们来访，让你觉得古怪，因此刚才就去三吉家商量了吧？接着你就等七之助回来，让他也去三吉家商议对策，没错吧？所以你们商议出了什么？打算让七之助逃到哪儿去？不，与其在这儿问你，不如立刻去三吉家。"

半七冒雨急急地赶往邻町，却听三吉说自己自今早就没见过七之助。半七原本怀疑三吉藏匿了七之助，后来发现并非如此，心中忽然浮现出了一个念头。他离开三吉家，追到了麻布寺中，只见阿卷墓前空空荡荡，只有崭新的卒塔婆[1]湿漉漉地立在雨中，并未见着人影。

翌日早晨，七之助的尸体浮现在芝浦海面，正好是当初院里众人淹死阿卷的猫的地方。

看来七之助没去三吉家，而是径直去寻了自裁之所。就算有阿初出面做证，用母亲的脸化成了猫脸一类的说辞当挡箭牌，七之助也逃不了弒母重罪。半七心想，与其遭受磔刑，不如早早自我了断为好。况且，他也不想亲自拘捕这个不幸的孝子。

"故事就是这样。"半七老人歇了口气，"此后深入查了一下，发现七之助确实是个孝子，正常状况下绝不可能弒母。隔壁阿初也是个老实人，不会说谎。如此一来，他俩恐怕是真的看见阿卷化出了猫脸，也不知是猫灵附身还是如何，总之

---

[1] 卒塔婆：梵语中的"Stupa"。原指用以安置舍利的佛教建筑，亦称舍利塔。在日本，"卒塔婆"多指一种立在墓后、写有经文、用以祭奠的塔形细长木板。

这世上的确有古怪之事。之后又查了一遍阿卷家中，结果在窄廊下发现了许多腐烂的鱼骨。看来猫儿们走后，阿卷仍旧每天往窄廊下抛食物。众人都说莫名觉得这屋子阴森，最后房东将它拆毁了。"

05

辩天姑娘

一

改元安政 [1] 那年三月十八，半七本打算吃完午饭去浅草的三社祭典 [2] 逛逛，此时一个三十五六岁的男子登门拜访。他是神田明神下一家名为山城屋的当铺掌柜，名叫利兵卫，对东家忠心耿耿，半七早有耳闻。

"天气阴沉沉的，甚是头疼。难得的三社祭，

---

[1] 嘉永七年旧历十一月二十七因皇居失火、地震、黑船来航等灾异改元，此时已是公元 1855 年 1 月 15 日。因而此处故事发生的"三月十八日"这天应当还未改元，还是嘉永七年（1854）。

[2] 三社祭典：今东京都台东区浅草神社的例大祭。正式名称为"浅草神社例大祭"。祭礼最初于每年三月十七、十八举行，明治五年（1872）后改为 5 月 17 日至 18 日进行，现在则于每月第三周的周五至周日举行。"三社祭"这一名称来自浅草神社旧名"三社大权现社"。

昨夜的节前小庙会上还下起了雨，今日也不知如何。"利兵卫说。

"昨夜确实不巧。不过，听说今日的祭典即便下雨也会如期举行，我打算待会儿过去瞧瞧。这会儿天色亮堂些了，午后或许会放晴。眼下这花开时节，着实参不透老天爷的心情。"

半七透过打开的窗户眺望外面微微转晴的天空。利兵卫则有些忸忸怩怩的。

"那您此刻便打算去浅草了？"

"今年的祭典应该会很热闹，而且有人邀我过去拜访，唉，不去露个脸说不过去……"半七笑着说。

"原来如此……"

利兵卫还是犹犹豫豫地吸着烟。半七见状，明白他有话要说，便主动开口道：

"掌柜的，您有事找我？"

"对。"利兵卫依旧有些迟疑，"确实有事想请您帮忙，但恐怕会耽误您出门，我今晚或明早再来拜访吧。"

"哪里的话，不必介意。本也只是去游览的，不必争这一时半刻。虽不知具体何事，您且说来听听。您诸事忙碌，总这么来回跑也麻烦，眼下不用客气，但说无妨。"

"不会太麻烦您吧？"

"当然不会。究竟怎么了？是生意上的事吗？"半七催促道。

不管哪个时代，当铺生意都和各种犯罪事件脱不了干系。半七见掌柜的神色似有隐情，直觉一定是发生了什么事情。然而利兵卫似乎还在犹豫，迟迟不肯切入正题。

"掌柜的，看来这事很难启齿啊。"半七打趣道，"莫非是你的风流韵事？我虽不是内行，但你也可说说，我洗耳恭听。"

"您说笑了……"利兵卫抚额苦笑道，"若是那等艳事倒好，您也知道，我是个俗人……其实也没别的，头儿，我就想让您帮着参谋参谋……在您百忙中前来叨扰实在抱歉，其实我自己也思量了很久，可……"

开场白实在太长，半七也有些不耐烦。他再度望向窗外，有些刻意地重重敲了敲手里的烟管。利兵卫被声响所惊，终于坐直身子，正色道：

　　"头儿，我嘴太笨，实在头疼……您且听我说说。其实不是我自己的事，而是东家的铺子上出了点小麻烦……"

　　"嗯？铺子怎么了？"

　　"您也知道，东家铺子里有个叫德次郎的小伙计，今年十六，不久就要束起额发成年了。可他不知染了什么病，昨日竟然死了。"

　　"唉，可怜……我不太记得他的样貌，死在十五六岁的年纪着实令人心酸。可这事有何蹊跷？"

　　"半个多月前，德次郎的嘴巴忽然肿得老高，连话都说不出。虽叫了铺上交好的郎中来为他诊治，可他的病情依旧急转直下，最终只好弄上轿子先抬回老家去了。他家在本所相生町开了个鱼铺，老板叫德藏，为人向来老实敦厚。德次郎回家后情况更加恶化，终究在昨日八刻（下午二时）

左右断了气，着实可怜。人各有命，这也无可奈何。听说他临死之际，费劲地说了些话……"话说一半，利兵卫又犹豫了起来。

"说了什么话？"半七追问道。

"是这样的，听说德次郎弥留之际，说自己是被铺里的阿此小姐害死的……"利兵卫低声道。

利兵卫口中的阿此便是山城屋的独女。虽是町中有名的貌美姑娘，却不知为何姻缘不济，二十六七岁了依旧满口白牙[1]待字闺中。也正因如此，阿此传出了不好的名声，被人取了个"辩天姑娘"的绰号，取的还不是惯常的褒奖意义[2]，这也让她双亲苦恼不已。这些情况半七一早便知晓，可他一时半刻也想不通阿此为何要杀那小伙计。利兵卫偷偷打量着半七思忖的神色，继续说道：

---

[1] 日本旧时已婚妇女习惯将牙齿全部染黑。

[2] 辩天姑娘在日文中多指如辩才天一样美貌的女子，是褒义。辩才天：又称辩才天女，本为印度神话中大神梵天之妻（一说是女儿），后被吸收为佛教护法神，也是日本神话中的七福神之一。

"德次郎染病时正好是女儿节[1]那晚。据其他下人说，他傍晚开始就喊嘴巴疼，连晚饭都吃不下去。凌晨时分疼痛加剧，至翌日清晨时嘴已肿得不像话，别说开口说话了，连热水、稀饭、汤药都无法下咽，甚至到了后头，整张脸如怪物一般又红又肿。接着他又开始发热，不住地痛苦呻吟，最终大夫也束手无策。东家自不必说，我们这些下人也异常担心，不得已，只好将他送回老家去了。其实在他生病期间，我们也屡屡问过他是否知晓自己为何会病成这样，可有什么头绪，但他只是含混不清地哼哼，什么也没说。既然如此，怎的回家便说了那些话？我们有些想不通。更何况他说杀人的是阿此小姐，简直莫名其妙……可那德藏找上门来，拿这临终遗言当令箭，提出无理要求。"

---

[1] 女儿节：旧历三月初三上巳节，亦称雏祭。节日当天家中有女儿的人家便会摆上雏人偶，装饰樱花、柑橘花、桃花等鲜花，吃雏霰、菱饼等糕点零食，喝米酒，祈愿家中女孩健康成长。

"那个叫德藏的是他父亲？"

"不，是德次郎的哥哥。他父母双亡，只剩下哥哥德藏……今年好像二十五了，继承了家业。据说他平素很老实，今日却似变了个人，气势汹汹过来质问，说就算是主人家的女儿也不能无故杀害下人。老板听了也不知怎么应付。方才也说过，在我们面前根本开不了口的病人，缘何回家便说了那些话？着实可疑。可德藏坚称弟弟确实那么说了。双方各说各的理，互不相让。其实若我们坚决不认，他们也不能怎么样。可我们是做生意的，名声不能坏，因而眼下很是头疼。"

"我能理解。"半七颔首道，"此事确实棘手。"

"当然，铺上本也打算拿出一大笔丧葬开支，岂料对方狮子大开口，要我们拿出三百两，否则就报官说阿此小姐是杀人凶手。若人真是阿此小姐杀的，别说是百两，千两我们也双手奉上，可眼下双方争论不休，从我方角度看……说他们是抢劫也不无道理。于是我便代表东家与对方商谈，希望能以十五二十两金子了结此事，可对方说什么也不答应。最终他只收了三两，说是当下的丧葬用度，等葬礼一结束，自己会再次过来理论。头儿，您说这该如何是好？"

虽然说山城屋家底股实，但是三百两依旧不是小数目。何况是对方上门寻衅，山城屋平白无故被人勒索一笔巨款，大抵感到为难。利兵卫看似是来问半七如何是好，归根结底是想借半七的权势设法压制对方。半七最是憎恶倚仗职权涉入金钱纠纷。若对方只是为此前来，半七定会找个借口拒绝。可惨死的德次郎的遗言究竟是真是假？他哥哥德藏背后又是否有人指使？半七想要揭开这些秘密，因而他沉吟片刻后，问利兵卫：

"掌柜的，阿此小姐到底为何至今未嫁？这样一个好姑娘，就此错过婚龄就可惜了。"

"是啊。"

利兵卫也皱起了眉头。

二

　　据掌柜说，外面的传言纯属子虚乌有，山城屋女儿不过是运气不好罢了。

　　由于阿此是独生女，山城屋在她幼时便从亲戚家里抱了个男孩来养，打算等到了年纪就让二人成婚，怎料那男孩竟在某年夏季去河里游泳时溺死了。此事发生时，男孩十四岁，阿此十一岁。自那以后，阿此就开始了霉运；凡与她订了亲的人，无一例外都在订聘之前死于非命。如此横死的男方已经有四人，甚至最后那个男子还在十九岁时发疯，于自家库房自缢身亡。阿此姻缘不济正是因了这一连串坏运气，根本没有其他内情。世人着实多嘴多舌，知情者说是有脏东西作崇，不知情者则说阿此是辘轳首[1]，还说她会舐食灯油[2]，如此便使他人对本就缘薄的小姐更加避而远之了。

此中信者最盛的谣言是：阿此是辩才天女赐下的孩子。"辩天姑娘"的绰号便是由此而来。山城屋夫妇二人当年苦于多年没有子嗣，曾连续二十一日去附近不忍池[3]的辩天堂拜谒，后来夫人便怀上了阿此。她既是辩才天女所赐，便要与辩才天女一样终身不嫁。如此，一旦她论及婚嫁，

---

[1] 辘轳首：一种长颈妖怪，在日本江户时代流传甚广，通常以女性形象出现，特征是脖子伸缩自如，与井边打水时控制汲水吊桶的辘轳相似，故称之为辘轳首。

[2] 日本旧时传说猫妖喜欢舐食灯油。当时日本民众的食物多数无肉无油，猫虽然是肉食动物，却也只能跟着主人清淡度日，只是偶尔能吃到鱼头、内脏，或是侥幸捕到鸟类补充动物蛋白。如此背景下，有些聪明的猫会舐食灯油来高效摄取脂肪，这场景被人隔着灯罩或纸拉门看见，便被误认为猫妖。另外，虽然原本的传说中辘轳首并没有舐食灯油的习性，但在江户时代的流传中人们加上了这一点。

[3] 不忍池：现位于东京都台东区上野恩赐公园的天然水池，中央有人工填筑的辩天岛，岛上有辩天堂，供奉辩才天女。

便会触及辩才天女的妒火，害对方丧命。如此，"辩天姑娘"这看似美妙的绰号，对她来说便成了可怕的诅咒。

原本不信神佛的人也不得不承认阿此是辩才天女赐下的孩子。利兵卫说，阿此确实是山城屋夫人每日去辩天堂参谒后怀孕生下的孩子。

"真叫人为难啊。"说完原委，他叹息道，"从香、花、茶三道至琴、三味线等技艺，阿此小姐样样精通，加之容貌姣好、生性纯良，简直无可挑剔，可就是为了前述那事而无人问津。小姐明年便二十七了。她是独女，又碰上那样的事，老爷夫人越发心疼她，对她极为爱护。然而她不喜欢待在人来人往的铺上，最近都躲在后宅，与今年八十一岁的闲居老夫人住在一个院里。"

"那院里除了老夫人和阿此小姐，可还有别的什么人？"半七问。

"一日三餐都由铺里送去，其余杂事还有一个小丫鬟在打理。那丫鬟名唤阿熊，十五岁，刚从乡下出来做工，笨手笨脚的，什么都不会。"

"老夫人八十一岁高龄，着实长寿。"

"是啊，老夫人洪福。毕竟年纪大了，最近眼睛、耳朵都不灵便，尤其是耳朵，近乎全聋了。"

"想必如此。"

不会做事的小丫鬟、耳聋眼花的闲居老人，再加上貌美缘薄的姑娘，半七对此三人组合似乎有些想法，最终平静地说道：

"此事确实棘手，也不能放任不管，我会设法处理的。小姐可知晓此事？"

"小姐知道德次郎的死讯，但还不知家里正与德次郎的兄长谈判。即便德藏说的是谎话，让小姐知道自己被污蔑为杀人犯总归不好，故而眼下什么都没和她透露。"

"明白了。如此我就照这眼下这局势办事吧。掌柜的，老夫人那边，还是遣个机灵些的下人过去为好。"

"是吗？"

"那样比较安全。"

"好的。"利兵卫似有些费解，但还是点了点头，"那么，此番有劳头儿费心了。"

"总之只要弄清阿此姑娘究竟是否杀了那小伙计便可。只要弄清此事，眼下的争论就能有结果，钱的事也便有了着落。"

"正是。来找您商量真是找对人了。如此，此事便仰仗您了。"

忠厚的利兵卫一再嘱托后便告辞了。如此一来，半七只好暂缓游览三社祭典，先研究山城屋的问题。那叫德次郎的小伙计究竟是否为山城屋的女儿所杀？抑或是有人在背后唆使德次郎的兄长捏造谎言，借此寻衅？半七边吃午饭边冥思苦想。

"山城屋惹了麻烦事？"妻子阿仙一边撤下碗碟一边问。

"嗯，但也不是多复杂的事。我要去趟玄庵先生那里，帮我准备一下衣服。"

半七放下筷子，换了衣裳，打着雨伞出了门。渐散的乌云仍恋恋不舍地洒着泪，云层缝隙里洒下柔和的微光，附近的屋顶上还传来了麻雀的鸣叫声。玄庵是町中大夫，素来与半七交好。半七登门讨教口腔疾病的各种症状和医治方法作为参考，接着又去了相生町的德藏家，经过柳原堤时天空终于见晴，水灵的柳叶上，雨珠闪着光滴落，极富春趣。

过了两国桥便是本所。德藏家住相生町二丁目，虽然铺面狭窄，终归是临街店铺。今日因有葬礼，铺子自然没有开张。半七跟附近的杂货铺打听了一下，原来他们家中只有德藏和妻子阿留二人。德藏挑着鱼出门走街串巷叫卖，阿留则留在铺里卖鱼。丈夫卖力干活，妻子勤勤恳恳，据说攒下了一些积蓄。杂货铺老板娘羡慕地说，那两人怕是不久便要发迹了。

德藏的妻子本是浅草新吉原游郭河岸店[1]的一名妓女，卖身契期满后便跑来了德藏家。她比丈夫大四岁，今年已是二十九。与其他从良的妓

---

[1] 河岸店：江户新吉原游郭为防止妓女逃跑而在四周挖凿出大水沟，其沿岸勾栏称为"河岸店"，是游郭内最下等的妓院。

女不同，她手脚非常勤快，不修边幅地每日从早忙到晚。左邻右舍都羡慕德藏娶了个好媳妇。

半七离开杂货铺，又进别家打听了一番，发现众人对鱼铺夫妇的评价完全一致，都说他们不是恶人。半七暗忖，名声如此之好的德藏应当不至于捏造事实找弟弟的东家闹事，可开口讨要三百两巨款未免有些过分。当然，人命无价，纵使千两万两也不算过分，可德藏这样老实的人竟会主动报出讨要的金额，说出类似敲诈的话，实在令人难以信服。

事到如今，怕是只能直接找上鱼铺，当面观察德藏夫妇的举动了。想到这里，半七走进附近的纸铺，买了黑色纸绳和白纸，包了个奠仪揣进怀里，然后去了德藏的铺子。狭窄的屋里挤了五六个貌似近邻的人，空气中弥漫着线香的味道。

"叨扰了。"

半七甫一招呼，便有一个女人起身迎了出来。此人是个三十岁左右、肤色苍白、身材枯瘦的已婚妇女，半七立刻猜到她应该就是阿留。

"这是德藏大哥的鱼铺吗？"

"是的。"女人恭敬地答道。

"东家可在？"

"外子眼下出门了。"

"原来如此。"半七迟疑片刻后开口说道，"其实我与外神田的山城屋同町，听闻您家的德次郎惨遭不幸……我就住在附近，素来与德次郎交好，便想来给他上炷香。"

"哎呀，多谢您有这番心意。屋里脏乱，还请不要嫌弃……"

女人擦擦眼角，请半七进屋。屋中北面立着一扇别致的枕边矮屏风，不知是从哪儿借来的。德次郎的遗体便横躺在屏风后。半七按规矩上了香，供上奠仪，接着膝行至尸体枕边，微微掀起盖在尸骸脸上的手巾，窥伺一眼遗容便退到屋角。阿留端来茶水，再次礼数周全地对他点头致意。

"多谢您特意过来烧香。舍弟泉下有知，定会高兴的。"

"冒昧一问，您可是这儿的老板娘？"

"是。妾身正是德次郎的大嫂。"她眨眨眼说，"德藏只有这一个弟弟，本来万事都倚仗他呢。"

"真是飞来横祸，在下着实感同身受。"

半七翻来覆去讲着悼唁之词，借此打听出了更多信息。原来德次郎是九岁那年春天进山城屋当学徒，至今已满七年。他年纪虽轻，却是聪明机灵，此外容貌、体格、品行都不错。今年正月休沐归家时，邻居布袜铺的老板娘见了，说他长得酷似戏里的久松[1]，德次郎听罢一声不吭，却闹了个大红脸。阿留痛心地说，这般往事如今也成了一桩悲伤的回忆。

屋里毕竟还坐着好几个人，半七无法更深入地探查，便问何时出殡。阿留回答，定于今日七刻（下午四时）将遗体送至深川某寺。眼下已近七刻，不如坐在这里等着，德藏应该就快回来了。况且若跟着去寺里，或许还能发现什么线索，于

---

[1] 久松：净琉璃、歌舞伎剧中登场的人物。公元1710年，大阪一家油铺的女儿阿染与铺中学徒久松私奔殉情。以此事件为原型诞生出了一系列净琉璃、歌舞伎剧。

是半七说自己也要送葬，继续留在屋中等待。不久，一个年轻男子自外头归来。男子身材微胖，外表憨厚，一看阿留和其他人与他打招呼的态度，立刻便知他就是德藏。他身后还跟着山城屋掌柜利兵卫和一个小伙计。

利兵卫是代表东家前来送葬的，小伙计音吉则代表铺上伙计。经阿留引见，半七与德藏打过招呼，见利兵卫正在犹豫是否该与自己相认，只好抢先搭话称两人只是邻居，把场面应付了过去。不久到了出殡的时辰，町中又赶来七八个人，本就逼仄的屋内顿时拥挤不堪。

然而，在此混乱中，德藏夫妻不见了踪影。

三

　　半七悄然起身，从厨房门口向外张望，只见夫妻俩正站在井边。出乎意料，屋后竟是一大片空地。井边种着一棵高大的梧桐树，似是为了遮蔽夏季的烈日，眼下没有一片叶子，光秃秃地伸展着枝杈。两人背对着梧桐，阿留正小声与丈夫说着些什么，神情并不镇定，看着不像在商量寻常事宜。半七躲在半开的高腰格子门后窥探二人的情况，只听夫妻俩的声音忽然拔高了一些。

　　"所以说你没志气！这可是一生难遇的好机会！"阿留骂道。

　　"你小声些。"

　　"可这事太过窝心！早知如此，就该我去！"

　　"好了好了，会被人听见的。"

　　德藏安抚着妻子，不经意回头一看，正好对

上了半七的视线。早已习惯这种情况的半七假意拿起水瓢从提桶里舀了一勺水喝，接着快步回了屋里。不一会儿，夫妻俩也回到屋中，阿留的脸色比方才还要难看。半七注意到，她时不时用厌恶的眼光恶狠狠地盯着利兵卫。

最终到了出殡的时辰，三十来号人跟在简陋的棺材后面送葬。有人说此刻天气转好，想来是阿德小子生前积德。由于是弟弟的葬礼，德藏需要照顾宾客，故而一同出门。阿留则只送到门口便留在家中。

雨虽然已停，本所一带的道路仍旧不好走。半七深一脚浅一脚，故意落到后头与利兵卫并排走着。

"德藏又去你们铺上了？"半七边走边悄声问道。

"确实又来谈判了，令人头疼啊。"

虽然德藏先前收了三两金子治丧，暂且罢休，可过了午时又重新登门，非要在出殡之前了结此事，说自家寺庙的宗派奉行火葬，尸体一烧便什么证据都不剩了，故而必须在停尸期间设法解决丧葬金争端，否则自己也很为难。山城屋没有办法，只好遣人去半七家，岂料半七已然出门，这便束手无策了。双方争执期间，德藏愈喊愈响。山城屋的主人只好让步，同意拿出一百两，但不可再多，若德藏不肯接受，那只能请他自便。德藏只好屈服，收下那一百两便作罢。为防他今后再拿此事闹事，山城屋让他立下字据，承诺以一百两金子换取弟弟遗骸，此后不得再有任何怨怼。

听完这话，半七颔首道：

"原来是这样。能就此平安了结也算幸事，毕竟此事对双方来说都是灾难。"

"真是没办法。"利兵卫似还有些不甘心。

"冒昧问一句，阿此小姐的针线活做得如何？"

"小姐的手艺甚是精湛。她平日无事闲居在老夫人院里，每天都会做些针线活。"

半七沉吟片刻，又问道：

"不知老夫人的住处可宽敞？"

"不，并不十分宽敞，加上女佣住处也就六间房。老夫人一般都待在四叠半的里屋中。"

"那小姐……既然要做针线活，应该住在明亮之处吧？"

"她在朝南的横向六叠房，面朝院子。那屋子采光上佳，小姐平素都在那里干活。"

"铺面与老夫人的住处只隔了个院子？"

"中间有道栅门，过了栅门便是老夫人居所的院子。"

"原来如此。"半七不禁露出微笑，"那老夫人院落里阿此小姐住的六叠房，格子窗最近可曾重新糊过窗纸？"

"这……"利兵卫稍加思索，"老夫人院里的事我不太清楚，不过月初似乎曾说那边的格子窗被猫儿挠破了，派了铺上的小伙计过去补换，但不知道是不是阿此小姐的屋子……喂、喂，音吉！"利兵卫叫回走在前头、离他们有两三间的小伙计，问道："之前去老夫人院子里换窗纸的是你吗？"

"是我。"小伙计回答,"正是阿此小姐平日做针线活的六叠房的格子窗。说是猫儿淘气,挠破了从下往上数的第三、四排的一个小格子。"

"可还记得具体是哪天?"半七问。

"记得。正是女儿节那天。"

半七又露出微笑。三人就此沉默了下去。

不久,一行人到达深川的寺庙。葬礼异常简陋。半七暗忖,从山城屋拿了三两金子的丧葬钱用来治丧,竟还把葬礼办得仿佛死者是一个无人吊唁的孤魂野鬼,当真不堪。送葬队伍到达之前,已经有邻居三三两两地提前到寺帮助德藏处理琐事,其中一人见了半七便礼貌招呼道:

"哟,神田的头儿,您也来送葬?道路如此泥泞,真是委屈您了。"

此人是住在浅草的传介,三十二三岁,身材矮小,看着是个背着烟丝流连于各宅轮值家臣居处或各处寺院贩烟的小贩。半七知道这只是表象,实际上这人是个爱赌博的无赖。此人虽然装出一副正派样貌,可到底心中有鬼,在半七面前点头哈腰，极尽讨好。没承想竟在这里遇上了讨厌的家伙，半七只好随意应付着。传介端来茶水，小声问道：

"头儿，您也认识德藏？"

"不，我不认识当哥哥的，不过当弟弟的在山城屋做工时与我有交情，这便来送他一程。这么年轻就去了，当真可怜。"

"可不是嘛。"传介有些将信将疑。

"既然你也在这帮忙，想来与德藏关系甚好？"

"是。我时常上他家玩耍。"传介含混答道。

葬礼结束后，半七走出寺门，此时的春日已然临近下山。临走时，按规矩，送葬者都收到了糕点，可半七嫌带回家麻烦，便将自己那份儿送给了山城屋的小伙计，接着对他身旁的利兵卫悄声说道："掌柜的，劳驾。我有些话想和你说，能否让你家小伙计先回去，我们借一步说话？"

"好，好。"

利兵卫依言让小伙计先回去，自己顺从地跟

在半七后面。半七带着他进了富冈门前[1]的某家鳗鱼食肆。食肆老板认得半七，便将他们引到里侧安静的包房中去了。半七和利兵卫的酒量都不大，但还是喝了一杯，又斟酒举杯两三次后，半七屏退一旁倒酒的女侍，小声说道：

"方才说过，德次郎一事能用一百两私下了结再好不过。"

"此话怎讲？"

"既然对方已立下字据日后不再纠缠，只要今夜尸首火化完毕，便不会再有什么纠纷，实在该说是万幸之至。你便回去如此和东家说吧。还有，恕我唠叨，眼下要尽快找个伶俐的下人送去老夫人院里盯着小姐，别让她出了事。"

"这么说……"利兵卫额头上挤出几条深深的皱纹，"此事果然与阿此小姐有关？"

"恐怕有关。"半七严肃地说，"不过与其他事

---

[1] 富冈门前：指现东京都江东区富冈八幡宫山门附近一带，旧时为永代寺门前町。

不同，此事已无法再追查，总不能将小姐收监审问吧。"

本次事件的前因后果颇为模糊，难以抓住要点，但半七的推断大致如下。虽然不知道一直说不了话的德次郎是如何能在临死之际开口的，但他被阿此所杀恐怕是事实。貌若优伶的俊俏小伙计与二十六七岁仍独守空闺的貌美姑娘，这两人之间除了主仆关系之外，恐怕还有了更亲密的感情。此后，大抵是一次不起眼的恶作剧将这小伙计推向了死亡之路。阿此做针线活的房屋朝向庭院，铺里的人也可以打开栅门进出院子。如此来看，德次郎应当经常打开栅门溜进老夫人的院落。老夫人年过八十，眼花耳聋，小丫鬟又不顶事，因而没人发现这个秘密。不久，骇人的女儿节便到了。

那天，阿此如往常一般坐在六叠房间里做针线活，德次郎也找着铺里的空当偷溜过来，又或是借口有事要去老夫人那里才溜出来的也未可知。他蹑手蹑脚地自院门溜至外廊边，或许还曾干咳一声示意，阿此小姐明明就在屋内，却似要捉弄他一般默不作声。于是德次郎便爬上外廊，用舌尖舔破关着的格子窗，自破洞向里张望，实在是小孩子常玩的把戏。德次郎看着老成，实际也不过十六岁，半开玩笑地舔破窗纸时，屋内的阿此见状也半开玩笑地用手中的绣针扎他的舌头。当然，她本意应该只是轻轻一扎，怎料用力过猛，竟扎得挺深，使屋里屋外的人都吓了一跳。他俩之事本就是秘密，德次郎也不好不管不顾地大叫出声。

况且只是被针尖扎了一下，疼过一时也就罢了，德次郎本人和阿此都没想到此事竟会酿成大祸。阿此为德次郎上了些止血药，此事便暂且揭过，怎知那针头竟不知何时沾上了一种剧毒。回到铺上的德次郎忽觉受伤的舌尖疼痛非常，这个美少年最终还是不幸因此死亡。这是半七通过请教玄庵医师得来的知识加上自身推断后得出的结论。或许德次郎受伤期间并非完全口不能言，只是碍于他与小姐的秘密，故意闭口不言罢了。直至回到家中，他终于明白自己已经时日无多时，又遭兄嫂反复盘问，许是如此他才泄露了秘密。他说自己是被阿此所杀，这恐怕是真心话，没有半分掺假。

阿此房间的格子窗纸曾经过一次补换，这也为真相提供了旁证。从下往上数的第三、四排小格子的高度，正好与德次郎爬上外廊后仰头的高度相当。翌日借口猫儿挠破而补换的窗纸破洞，恐怕是那只名唤德次郎的"白猫"淘气造成的吧？将舌尖舔破的小洞撕成大洞并归咎给猫儿，一个二十七八岁的女子当然能轻松地想到这种伎俩。如此前后一联系，德次郎的哥哥登门谴责山城屋似乎也不为过。当然，一方是主人，一方是家仆，再加上此事本来是出于一次毫无恶意的捉弄，就算闹到了官衙，阿此也不会受到严惩。但是这件事一旦公开，后续或许会自然而然地牵出阿此与德次郎之间的私情。这么一来，本已遭受诸多非议的姑娘怕是要背上更大的污点，或许还会连累山城屋的招牌。就情理而言，山城屋给德次郎的遗属一百两金子也是应该的。半七的意见便是如此。

　　利兵卫凝神听完，最终叹息道：

　　"头儿，您不愧是一位心思敏捷的捕头。听您这么一说，我心头也隐隐想起了一些事。"

四

"可是有了什么头绪？"半七暗觑着利兵卫阴沉的脸色，问道。

此番便轮到利兵卫讲述了。

"其实是去年冬天的事。老夫人偶染风寒卧床半月有余，身边伺候的人手不够，铺上便派了个小伙计过去，就是那个音吉。结果阿此小姐说他偷懒，才一天就把他赶了回来。于是铺上又派了德次郎过去，这回颇受阿此小姐青睐，直至老夫人病愈都在后院伺候。此后，但凡老夫人院中有事，阿此小姐都会唤德次郎过去。由于有过先例，大家也不觉得奇怪。正月休沐之时，阿此小姐好像也另给德次郎赏了钱。接着是今年二月初，小丫鬟阿熊惊恐地来报，说每夜都有人开合院口的拉门。铺上担忧此事，便去询问阿此小姐。结果小姐坚称是阿熊半夜睡迷糊了，根本没有此事。如此，铺上也便放心了，就此了事。现下回头一想，恐怕您是料中了。您才智过人，在下实在佩服。我等就在小姐身边，却一心只顾着生意，对此事竟毫无察觉，着实丢脸。头儿，那您看此事是否需要私下告知东家？"

"只告诉东家便可，毕竟得为以后做些打算。"

"如此甚好。这回真是多亏了头儿您费心。"

利兵卫要付饭钱，被半七谢绝了。两人一起出了食肆，雨后的春宵笼着一层温润的雾霭。微醺的半七有些瞌睡，已无心再去参加祭典，可半七平时跟几户人家的交情不错，如果不去露脸恐怕有失情分。因而眼下虽然天色已迟，半七还是决定走一趟，便就此辞别利兵卫。

去浅草的并木町拜会过一户人家，又去广小路[1]

---

[1] 广小路：指浅草广小路，与两国广小路、下谷（上野）广小路并称"江户三大广小路"，位于现东京都台东区浅草，即今浅草一丁目与雷门一丁目、二丁目之间的雷门大道，东接吾妻桥。"广小路"本意仅为"路幅宽阔的道路"之意，多出于防火隔断目的而设。

拜访了一家之后，酒量浅的半七已烂醉如泥，只好在广小路租了轿子，在当晚四刻（晚上十时）过后回到了神田家中。一到家，半七便爬上床，人事不省地睡到了第二天早晨。

待他睁眼时已是五刻（早上八时）左右，窗外可见朝阳明媚。半七被晃了眼，抬手揉搓几下，拿过枕边的烟盘抽起了烟，此时小卒善八冲了进来。

"头儿，您听说了吗？不，瞧您这邋遢模样，八成是还不知道。昨晚本所出了人命案子。"

"本所哪儿？莫不是吉良家宅[1]吧？"

"您可别说笑了。是相生町二丁目的鱼铺。"

"相生町鱼铺……德藏吗？"

"您怎么知道？"善八惊讶地瞪大眼睛，"莫不是做梦梦见了？"

---

[1] 此处暗指日本三大复仇事件之一的元禄赤穗事件。高家旗本吉良上野介义央因侮辱播磨国赤穗藩藩主浅野内匠头长矩，而在江户城松之大廊下遭到刀砍。播磨国赤穗藩藩主也因此被逼切腹，赤穗藩被裁撤。后赤穗藩家臣大石内藏助良雄等47人为主报仇，闯入吉良义央位于本所的宅邸将其斩杀。吉良宅邸遗址位于东京都墨田区两国的本所松坂町公园。

"嗯。我昨日去浅草祭典好好拜了菩萨，晚上观音菩萨来梦里告诉我的。知道凶手是谁了吗？德藏他老婆怎么样了？"

"他老婆没事。昨日傍晚弟弟德次郎出殡后，夫妻俩精疲力竭。当晚两人睡得正熟，有个小贼偷溜进来妄图盗走奠仪。此时德藏醒来，见状想把那小贼捉住，怎料那人拿起铺中的杀鱼刀刺中德藏的脑门和胸口后逃了。德藏老婆号啕大哭，叫醒了附近邻居，但是为时已晚。歹人不知道逃到了哪里，德藏也死了，现场正乱作一团，我便想着先来通知头儿您。"

"原来如此。现场应该勘查完了吧？找到凶手了吗？"

"目前好像还没线索。"善八说，"德藏老婆方寸大乱，疯了一般哭个不停，什么都问不出来。"

"想来她很会哭，毕竟是妓女出身。"半七咧笑道，"阿善，你现在去一趟鸟越 [1]，看看那卖烟草

---

[1] 鸟越：今东京都台东区南部鸟越神社周边一带。

的传介在干什么。"

"要查那家伙什么？"

"不动声色地看看他在做什么就行。小心别惊动他。"

"是。我这就去。"

"好好干。"

半七送走善八，立刻去了本所。昨日当弟弟的刚出殡，今日当哥哥的也横尸家中，这可把街坊邻居吓得乱作一团，铺门口也围了许多人朝里张望。半七拨开人群挤进铺中，得知老板娘已被传唤至町内警备所，还未回来。由于昨日曾一同送葬，近邻都认识半七。半七本打算向在场之人打听出一些有关德藏之死的线索，谁知所有人都目瞪口呆，不知究竟发生了何事。

最先察觉骚动的是隔壁布袜铺的老板。他听见鱼铺里有很大响动，觉得奇怪，便穿着寝衣跑出门去。一打开隔壁铺门，便听见里面传来老板娘"抓小偷！抓小偷！"的喊叫声。布袜铺老板心下大骇，也在门外大喊："抓小偷！抓小偷！"

左邻右舍听见动静纷纷赶来，可贼人已然杀了德藏从后门逃走了。布袜铺老板说，德藏素来不与人结怨，这个贼人怕是看上了奠仪，来劫财的，结果遭遇德藏反抗，这才酿成悲剧。其他人的看法也大抵如此。

半七坐在铺门口等了一阵，无奈阿留迟迟不归，半七便仔细查看了一番现场。昨日今日连续休店两日，铺内水槽已然干涸，盛鱼的木盘也都垒在屋角。半七瞧见木盘背后堆着几只蝾螺和赤贝壳。贝壳很大，半七走过去捡起一两个查看，发现里头都是空的，其中最大的蝾螺正倒扣着。半七想拎起螺塔顶部瞧瞧，却发现这蝾螺很重。于是半七将其翻倒，往内部望去，发现里面塞着类似纸张的东西。半七立刻将其抽出一看，发现是包着一百两的纸包，上面还留着血指印。

半七趁旁人不注意，悄悄将这百两纸包揣进怀里，接着又四下查看，看看能不能有新的发现。此时，传介忽然从外头进来了。他似是在外头跑生意，背后还背着装烟丝的木柜。他看见半七，又瞧了瞧屋里，显得有些迟疑。

"您早，昨日辛苦了。"他对半七寒暄道，"看您今天似乎也不得空。"

"嗯，确实忙得不行。德藏昨晚被杀了。"

"这……"传介张口结舌，呆立在原地。

"正好，我有话想问你。跟我到屋后来一趟吧。"

半七领着老实跟来的传介，从屋旁空地绕到了屋后水井边。

"说到这里，你应该大致明白了吧。"半七老人说，"传介是阿留还在吉原时的老相好。阿留卖身契期满后，传介无力娶她回家，便商量好先让她住进德藏家，自己则频繁进出。他们似乎将此事藏得很好，不仅德藏没发现，邻居也没发现。奇怪的是，阿留这个女子虽是妓女从良，且与外男有染，手脚却非常麻利，干活勤勉。且她如此并非做给众人看，而是真的不修边幅一心干活，拼命攒钱，甚至情夫传介也从没在她手里拿到半点钱财，换句话说，就是爱财如命。"

"既然如此，德藏去山城屋找碴儿也是受了她的指使？"

"当然。她教唆丈夫讨要三百两丧葬金，德藏妥协之下只要到了一百两。她非常气愤，狠狠数落了德藏一通。可事情已成定局，她只能打碎了牙往肚里咽，不情不愿地出了殡。"

"那她是打算杀了丈夫，与传介结为夫妇？"

"任谁都会那样想吧？"老人微笑道，"我起初也这样想，可抓了传介逼他招供之后，发现事实有些不同。传介确实与阿留有染，但如方才所说，他不仅没从阿留手上拿到一文钱，反而被阿留以各种名义要走了许多钱。故而此次杀夫均是阿留一人所为，与传介完全无关。"

"竟是如此，叫人有些意外。"

"可不是嘛。而且阿留杀夫竟是为了山城屋给的那一百两金子。原本丈夫的也便是妻子的，似乎不至于做到如此地步。可阿留不同，她无论如何都想独占那些钱。她原本并不想杀夫，只是打算趁丈夫熟睡时偷出金子，藏至厨房的地板下，再谎

190

称遭了小偷，岂料这诡计被德藏发现了。即便如此，若阿留能立刻收手道歉，此事或许也能平安收场。谁知阿留怎么也不肯放弃到手的金子，乘人不备拿起铺里的杀鱼刀，发狂一般朝丈夫刺了两刀。唉，这种女人着实恐怖，遇上了可不是闹着玩的。"

"难道阿留就此老实交代了一切？"

"她从警备所回来后被我逮住盘问，起初她自然设法抵赖，当我拿出蝾螺壳和装了金子的纸包时，她便全部交代了。毕竟外贼必定会卷着钱财逃跑，不可能将之藏进贝壳中。加之纸包上的血指印与阿留的手指完全吻合，她已是百口莫辩。她杀害丈夫时闹出的动静惊醒了隔壁布袜铺的老板，阿留提着金子左顾右盼，最后慌忙将之塞进贝壳里，这才落了个满盘皆输的局面。据她本人供述，她杀害德藏后并未打算与传介成亲，而是计划带着自己先前攒下的六七两金子连同山城屋的一百两，回到故乡名古屋放印子钱[1]。如此一想，

---

[1] 印子钱：旧社会高利贷的一种，分期偿还，每还一期，在折子上盖印为证，简称"印子"。

情夫传介虽然惨遭抛弃，但也因此保全了性命，也算幸事。阿留自然被判了重罪，游街示众后，在千住被钉在柱子上受了磔刑。"

如此，鱼铺的事情便告终了，但我心里还惦念着山城屋女儿一事。既然出了这样的重案，官府自然要追查那百两金子的出处，山城屋的秘密也便捂不住了。我请半七老人详细说明此事，老人平静地答道：

"山城屋实在可怜，好不容易暗中摆平此事，怎料阿留杀夫案一出，又把一切都拖到了太阳底下。阿此自然因小伙计一案遭到审问。事情如我所料，阿此并未被当作凶手治罪。只是如此一来，她的姻缘更是无望，无人入赘也无人敢娶。山城屋也死心了，找到掌柜利兵卫，动之以情、晓之以理，强行纳他为婿。利兵卫原本百般推拒，可山城屋东家找我去帮忙，又将利兵卫叫到某处再三恳求，我也从旁美言，他才勉强答应。出乎意料的是，阿此小姐竟然对此没有异议，恭顺地答应了亲事。此后，山城屋马不停蹄地办了婚礼，婚后夫妇感情甚笃。东家见状终于安心，我也暗自高兴，谁承想第二年阿此小姐竟然死了。"

"是病逝的？"我立刻问。

"不。大概六月左右吧，她在某日夜里偷偷离家，跑到不忍池边投湖死了。有传言说连尸首都没找到，但那是谣传。尸体浮在莲蓬丛中，确实让山城屋领回去了。既然打定主意要死，那趁出阁之前死了岂不更好？谁也不知道阿此究竟作何想法。世人都传辩才天女赐下的女儿终于被辩才天女收回了座下。之后还有人声称曾在巳日[1]夜晚看见阿此的身影漂浮在湖面上，不知是真是假。"

---

[1] 巳日：干支纪日中地支为"巳"的日子称为巳日。巳为蛇，蛇司财，因而日本民众相信巳日是走财运的日子。又因日本以白蛇为辩才天女的使者，故而巳日被视为辩才天女的有缘之日。

06

祝山夜之宴[1]

---

[1] 祝山：指在翻越难走的高山后设酒宴进行庆祝。

一

"那时的箱根^[1]与如今可大不相同。"

半七老人翻开一本天保版袖珍《道中怀宝图鉴》^[2]给我看。

"你看这上头画的，汤本、宫之下^[3]的房子都

---

[1] 箱根：今神奈川县足柄下郡箱根町，位于神奈川县西南部，箱根山东侧，自古以来便是温泉之乡。江户时代将东海道由途经足柄山改为途经箱根山，并于芦之湖畔设置箱根关，严密监管武士带入江户的铁炮和女眷。

[2]《道中怀宝图鉴》：全称《东海木曾两道中怀宝图鉴》。江户时代以诸街道为主题绘制的沿途景观图解。本书分上下两栏，上栏描绘东海道，下栏则描绘木曾路，以绘图加注解的形式描绘了两条街道沿途宿场信息及名胜景观。初版刊行于明和二年（1765），并曾于天明六年（1786）、天保十三年（1842）等时期数度再版。

[3] 汤本和宫之下都是箱根地名，均属箱根温泉乡自古开设的七处温泉地，另外五处为：塔之泽、堂岛、芦之汤、底仓、姥子（一说木贺）。

196

是茅草屋顶吧？如此一看，就知今昔变化之巨。往昔去箱根泡温泉疗养仿佛要走一辈子，太难了。再有钱的人在路上都要受一番罪。一般来说，首日早晨从品川出发，当晚宿在程谷或户冢，次日住在小田原[1]。若带了老弱妇孺，到小田原宿场就要花三日。接着再从小田原出发登山，才能到达箱根。因此想泡个温泉很不容易。我第二次去箱根是文久二年（1862）五月，带了一个叫多吉的年轻小卒。过了端午节，从屋顶上撤下菖蒲[2]后的第二天自江户出发，次日傍晚抵达小田原宿场。这时节白日还很长，路上还算轻松。毕竟已是旧历五月，日头已有些热度，晒得人有些吃不消。我倒不是去泡汤的，而是八丁堀同心老爷的夫人

---

[1] 品川、程谷、户冢、小田原均为东海道沿线宿场。品川是东海道第一个宿场；程谷又称"保土谷"，为第四个宿场；户冢、小田原分别为第五、第九个宿场，之后便能到达箱根。

[2] 旧时的日本人在五月初五端午节这天，有将菖蒲放置在门顶屋檐上进行装饰的习俗。

产后体虚，自上月便去了箱根汤本，我好歹得去探望一回。没法子，我只得拿出些聊胜于无的路资，找了个闲暇的时候上了路。上路之后，心情便悠闲起来，与年轻人一道开开心心地走着。于是就如方才所说，我们俩在第二日傍晚渡过酒匂川[1]，抵达小田原城下，在一家叫松屋的旅店脱下草鞋投宿，谁知当晚竟在这儿碰上了一起案子。"

当时的小田原宿场和三岛[2]宿场在东海道五十三次[3]当中也是首屈一指的热闹地界。由于这两个宿场之间横了个箱根关，当时的习惯是东边来的旅人夜宿小田原，西边来的则住三岛，然后

---

[1] 酒匂川：流经日本静冈县和神奈川县的河流，源于富士山东麓与丹泽山地西南部，穿越丹泽山地与箱根山之间，接着沿足柄平野南下至小田原市注入相模湾。

[2] 三岛：东海道第十一个宿场町，今静冈县三岛市。

[3] 东海道五十三次：指东海道沿线的全部五十三个宿场。

在第二日翻越箱根八里[1]的高山。早晨从小田原出发的夜宿三岛，从三岛出发的则夜宿小田原。穿着草鞋走东海道的旅人即便再不情愿，也不得不在这两个宿场里花几个住店钱。半七此行虽不必通过箱根关，但也寻思着在小田原过夜，第二日再去汤本的旅店探病。

两人嘴里叼着路旁的野草，一路信步而行，抵达旅店时已是六刻半（晚上七时）前后。两人洗过澡后，女侍便送来了饭食。半七虽然不会喝酒，但考虑到多吉爱喝，因此两人的食案上还是放了酒盅。半七陪多吉喝了两三杯，已是双颊红透，让女侍撤下食案后便一下子躺了下来。

"头儿，您累啦？"多吉摇着旅店的缀红团扇，边驱赶膝盖附近的蚊子边说。

"嗯。赶了太多路，有些累。真没出息，如今

---

[1] 箱根八里：东海道小田原宿距离箱根宿四里路，箱根距离三岛也是四里路，合计八里山路，故称箱根八里。另，日本旧时尺贯法下的"一里"约合现在的 3.9 千米，故而"箱根八里"实际约有 32 千米路程。

199

没有前年登大山[1]时的精气神了。"半七躺着笑道。

"对了，头儿，我方才去旅店澡堂路上碰见个怪人。"

"谁？"

"不知他叫什么，但肯定不是正经生意人。我总觉得面熟，可又想不起来……他在走廊上一见我便赶忙转过脸走了，所以他肯定也认得我。旅店里住着这样的人，咱们恐怕得小心一些。"多吉似有深意地悄声说道。

"总不会是小偷。"半七又笑道，"若是个平日

---

[1] 大山：指相模国大山，即横跨今神奈川县伊势原市、秦野市、厚木市的大山，海拔1252米，是日本三百名山之一，也是关东百名山之一，自古以来便是平民山岳信仰的对象。"大山"之名来源不详，明治以后多认为是因山顶祭祀大山祇神而来。大山祇神在江户时代末期被称作"石尊（大）权现"。大山又称"阿夫利山"或"雨降山"（"阿夫利"与"雨降"在日语中同音，只是汉字写法不同），故而大山和山上的阿夫利神社被视为祈雨之神，为农民所信仰。江户时代中期大山御师的传教活动兴起，由同乡或同业人员结伴参谒大山的"大山讲"组织逐渐成形，民间也盛行参谒大山的"大山诣"活动。

赌赌小钱的家伙，住到这旅店里也不会干什么恶事。游手好闲之人反而老实。"

既然半七不在意，多吉也就不再多说。两人在四刻（晚上十时）左右铺上被褥，并排躺在六叠客房中。当日夜里，半七忽然睁开了眼睛。

"喂，多吉，醒醒，醒醒。"

唤了两三声后，多吉揉着惺忪的睡眼醒了。

"头儿，怎么了？"

"旅店里好像闹哄哄的，不知是走了水还是遭了窃，快起来看看。"

多吉穿着寝衣钻出蚊帐，快步下了二楼，不多时又慌慌张张地回报：

"头儿，出事了！死人了！"

半七闻言也起了身。据多吉说，住在里侧二楼的两个骏府（静冈）商人不知被谁杀害，腰间缠着的银钱也都被盗走。其中一人熟睡时被一刀封喉。贼人正打算抽走衾被下的钱兜带[1]时，睡

---

[1] 钱兜带：旧时日本人在长途旅行中用以存放金钱和贵重物品的细带状钱袋，一般缠在腰间以防偷盗。

在旁边的死者同伴醒了，于是贼人又顺手砍了他。男人爬出被褥没逃几步，就被贼人斜着一刀划开脖颈倒地。

"差役们已经来了，眼下正在勘查。听他们说，贼人似乎不是从外头潜入的，所以估计早晚会查到这边来。"多吉说。

"下手真狠。"半七歪着脑袋思忖道，"总之在差役们过来问话之前，我们不能随意出手。眼下先老实等着吧。"

"也是。"

两人坐在被褥上静待片刻，只听走廊上疾步而来的脚步声停在房间门前。接着突然传来唰的一声骤响，有人拉开隔扇门爬了进来，在蚊帐外喊道：

"大哥！多吉大哥！多有得罪，还请您救救我！"

"你是谁？"多吉借着昏暗的座灯灯光，透过蚊帐仔细一瞧，原来是方才在走廊遇见的那个男子。他二十八九岁，皮肤浅黑，看着还算稳重，眼下一副仓皇无措的样子，正喘着粗气。

"是我，小森府上的七藏！我欠过您一些钱，刚刚才会装作没瞧见您，我给您赔不是！求求您救救我吧！"

听他报上名字后，多吉总算想起来了。他是下谷小森与力府上的仆役，平素就品行不端，天天躲在不同宅邸的大通铺上赌博，赌博就跟他的主业似的。去年年底，他在某地赌博输得彻底，差点被人在天寒地冻的日子里扒个精光，当时多吉正好路过，瞧他可怜就借了他一分二朱金子。七藏喜出望外，信誓旦旦地保证除夕之前一定将钱送到多吉家中，结果后来一直也没露面。

"确实是你，小森老爷府上的七藏。你小子，一点不像个混宅邸的，根本就是个寡廉鲜耻的浑蛋。"

"所以我今夜才来赔罪。大哥，求求您，能不能救救我？"

"我是你死乞白赖求几句就能答应的人吗？没门没门。"

多吉固执地拒绝。半七听不下去，插嘴道：

"多吉，你也别那么硬邦邦的。我说，那边的七藏小哥，你找我们究竟有何事？我是神田的半七。"

"哎呀，幸会……"七藏又见礼道，"头儿，求您帮帮我！"

"如何才能帮你？"

"我家主人说要杀了我，然后切腹自裁……"

"嗯？"

半七不由得吃了一惊。虽然不知道个中缘由，但武士决意砍杀家臣并切腹自尽，此事确实非同小可。多吉也吓了一跳，端正了方才懒散的坐姿，说道：

"你进蚊帐来说吧。究竟怎么回事？"

二

七藏的主子小森市之助是个年仅二十岁的年轻武士。他上月初自江户前往骏府办差，如今正在归途，昨晚宿在了三岛本阵[1]。爱玩的七藏以去附近游览为借口出了本阵，正沿路寻找宿场里的妓馆时，一个男子叫住七藏。男子三十五六岁的样子，衣着雅致，商人打扮，手持草帽，肩上一前一后地挂着两个小行李。他知道七藏是武家仆役，这才叫住了他。

男子熟稔地与七藏攀谈，问他这宿场里哪家旅店比较好。聊着聊着，男子便邀请七藏去喝一杯。身为武家仆役，七藏大抵已察觉到男子的意

图，立刻应下，与他一起去了附近一家小饭馆。厚脸皮的七藏毫不客气地豪饮男子请客的酒。待他醉得差不多了，男子低声说道：

"大哥，你看怎么样？明日能否让我也跟着你们？"

原来他没有过关需要的通行文牒。像他这样的旅人一般会在小田原或三岛宿场徘徊，花些钱财贿赂武家仆役，让自己也临时成为仆役的一员，平安通过箱根关。当然，文牒上明确写有主人带了多少仆役，但只要声称行李太多临时雇了帮手，大抵都能平安过关。尤其对于因公出行的人员，关卡也不会仔细盘问。那男子也知晓这个情况，恳求七藏让他明日临时入队。

七藏一开始便猜到他应该是为了这事，因而收了男子三分金子后马上就应允了。他让男子明晨六刻（早上六时）之前来本阵，约好之后便与男子分开了。这也算武家仆役可捞的油水之一，只要不碰上分外严苛的主人，通常都会睁一只眼闭一只眼。加之七藏的主人市之助还年轻，这类事情自然全丢给了仆役做主。

翌日清晨，那名男子如约到访。

"小的名叫喜三郎，此番多谢老爷照拂。"

他对市之助见过礼，便扛上行李做做样子，跟在了市之助主仆身后。他似乎惯于旅行，一张巧嘴在翻山越岭时滔滔不绝地说了许多旅途趣闻，逗得主仆二人不停发笑，暂时忘却了疲累。市之助也说他有趣。

三人平安通过关卡，抵达小田原宿场。喜三郎请求今夜让他一同住宿。他让主仆二人在轿夫休息站里歇息，自己跑进宿驿，过了一会儿又回来报告，说今夜本阵里住了两家大名，胁本阵里也住了一家。他又说，与其住拥挤的本阵，不如入住普通旅店更加清静，自己恰好知道一家名为松屋的旅店，可以领两人前去。

虽然说是因公出行，但投宿本阵还是令人备感拘谨，因为入住本阵后不得召女子服侍，也不可醉酒喧哗。七藏心忖，过了箱根就是江户，比起到乏味的本阵去挤破旧房间，不如找家干爽整洁的普通旅店住下，舒舒服服地放松一下四肢，喝喝小酒，因此他一个劲怂恿有些迟疑的主人，成功地让主人同意投宿喜三郎推荐的普通旅店，于是三人便进了松屋。

"小的惶恐，今夜便由我做东，办个祝山宴吧。"喜三郎说。

旅人平安翻过箱根，当夜在入住旅店办祝山酒宴进行庆贺是当时的习俗。原本按例应当由主人市之助给两个仆役每人两三百文的赏钱，再招待他们喝酒。市之助自然给了赏钱，但七藏将喜三郎那份赏钱也昧下，独吞了这六百文不说，更要喜三郎自己掏钱买祝山宴上要喝的酒，而喜三郎竟也应下了。

市之助终归是武家人，秉性周正，认为即便只是让喜三郎充当临时仆从，如今也断没有让他掏钱买酒的道理。但七藏一再劝谏，让主人将一切交由自己处理。七藏心中盘算，如果由主人做东，自己便无法开怀畅饮，故而他打算勒索喜三郎，今夜喝个痛快。七藏的算盘成真，喜三郎爽快应下祝山宴一事，叫旅店女侍送来了许多好酒好菜。

"今夜值得庆贺呀！"市之助说。

"恭喜恭喜。"两位仆从也行礼道贺。

市之助经不住劝酒，多少喝了一些。七藏则豪饮无度。见时机差不多了，喜三郎搀着不省人事的七藏，从市之助面前退下。主人睡在旅店一楼里侧的六叠客房里，两人则睡在隔壁四叠半的配房。当天深夜，喜三郎摸黑起床，杀死了二楼里侧的两名客人，之后卷着钱财逃走了。

"原来他是盗贼！"市之助大骇道。

七藏也又惊又怕。一想到自己被金钱和美酒蒙了眼，竟然招惹来个如此穷凶极恶之徒，他也不禁骇然失色。

前面提到的带人过关一事，虽然当时的人们已经习以为常了，但将不知底细之人伪装成同伴，并带他顺利通关，这种事情如果遭到正式审查，哪怕说破天也无法轻易脱身。换句话说，这也算擅闯关卡，若不出事不要紧，如今既然发生了这样的事，便是想瞒都瞒不住了，市之助自然要对此负责。再者，在外公办之人没有入住本阵或胁本阵，转而投宿普通旅店，这件事传出去也会被人诟病。更别提他们此举还使投宿的旅店发生了命案，官家若斥责市之助诸多行为不端，他也无法辩驳。

年轻的市之助已然打算砍杀始作俑者七藏，然后自行切腹谢罪。昨晚喝的酒彻底清醒，七藏吓得瑟瑟发抖。

"切莫鲁莽啊！主子，还请您少安毋躁！"

他极力劝解主人，忽然想到自己傍晚在走廊上遇见的多吉。七藏想着若能求多吉抓住盗贼，自己或许能躲过一劫，于是立刻仓皇来到半七等人的房间。

听完七藏的话后，半七与多吉对视一眼。

"你家老爷的气度着实令人钦佩。此事也没有其他法子，不如你也老实认命吧？"半七说。

"您千万别这么说。求求您了，救救我吧！我给您磕头了！"七藏合掌向半七俯拜道。事到如今，本性并非大奸大恶之徒的他已是面无血色。

"既然你如此惜命，没法子，你赶紧逃吧。"

"我可以逃吗？"

"只要你逃了就有法子救你主人。你现在就走。这点钱拿去，够你当路费了。"

半七自被褥下拿出钱夹，取出两枚二分金币给七藏，命他不要再回房间，直接销声匿迹。七藏拿了钱，急忙走了。

半七换了身衣裳，前往一楼靠里的客房，刚下楼梯，便见楼梯口有一名旅店女侍正满脸焦急地团团乱转。

"喂，差役们已拿了人走了？"

"还没。"女侍战战兢兢地细声说道，"众人还在账房呢。"

"是吗？一楼住进了一行主仆三人的武家客吧？他们的客房在哪儿？"

"这——"女侍迟疑道。

见她如此，半七心下了然。恐怕官家差役们也怀疑市之助主仆，但对方毕竟是武士，他们也有些顾虑。女侍也隐隐察觉此事，故而正在犹豫要不要带半七去客房。半七心下着急，再度催促道：

"到底哪间房？快说。"

女侍无奈，只好抬手给半七指路。沿外廊直走，左拐后便是澡堂，穿过澡堂再往里去，小庭院对面的双室客房便是了。

"多谢。"

半七按女侍所说穿过外廊，来到客房门前。

"打扰了。"

半七在拉门外招呼，但未得到回应。于是他将门拉开一条细缝，往里张望一眼，发现蚊帐被砍断了两根挂绳，垂在地上，里头还有一名男子倒在血泊中。

"难道已经切腹了？"

眼下情况已不容再观望，半七心一横拉开拉门进去。房间一隅摆着一盏座灯，宽大柔软的蚊帐半塌在地，一束幽暗的灯光映照着纱面上的青色波纹。半七探头一瞧，发现蚊帐下横躺着的竟然是七藏的尸体。半七猜测，想必他又磨蹭了些什么，最终还是被主人砍死了。然而房内不见他主人的身影，看来市之助杀死七藏后便躲藏起来了。半七一时也不知该如何是好。

此时，外廊忽然传来一阵窸窣的声响，耳尖的半七立刻转身，仔细一瞧，昏暗的拉门外，鬼鬼祟祟地跪坐着那名方才为他指路的年轻女侍，看样子她好像在窥伺房内的情况。半七毫不犹豫地奔过去抓住女侍的手腕，一把将她拉进房内。女侍二十来岁，肤色白皙，圆脸。

"喂，你在这儿做什么？若不老实交代，吃亏的可是你。莫非你认识这房里的某位住客？其他女侍都缩成一团不敢擅动，唯独你，自方才起就到处徘徊走动，定然是心里有鬼。你可认得这个男人？"半七指着倒在蚊帐内的七藏问。

女侍畏缩着身子，摇摇头。

"那你可认得他带过来的男人？"

女侍依然否认。半七发现她始终战战兢兢地低着头，时而有些慌乱地觑一眼凹间里的壁橱。

当时的旅店客房一般没有壁橱，这房间似是特殊构造，做了个凹间充门面不说，旁边还有个一间宽的壁橱。

半七眼角一觑那壁橱，了然地点点头。

三

"喂，这位姑娘，隐瞒可不好。你一定和这房里的三位住客之一有关系。你肯老实招供最好，如若不然，我就拉你去见诸位差役老爷，你可想清楚了！到那时，不只是你，兴许还会有其他人受你连累。若你肯老实坦白，我保证没有人会受牵连。你还不明白？我是江户的捕吏，今夜恰巧在这里投宿。我绝不会害你，你大可放心大胆地说出一切。"

听了半七的身份后，女侍似乎越发惶恐。在半七的威胁哄骗下，她终于坦白一切。她叫阿关，自前年起在这家旅店干活。昨晚这间房叫了祝山酒，阿关负责斟酒。比起两个仆役来，作为主人的年轻武士委实英俊出挑，年轻的阿关双眼频频追着他跑。两个仆役很快发现了她的心思，好生

215

打趣了她一番，还说什么只要她肯求他们，他们就撮合她与老爷。

没想到阿关竟然把这玩笑话当真了。阿关送七藏去茅房的途中，在走廊上悄悄请他从中撮合。醉醺醺的七藏一口答应，对阿关说自己会在老爷面前帮她美言，让阿关夜深人静之时悄悄潜进房间。阿关信以为真，半夜悄悄爬出铺盖，来到市之助的房间前却又犹豫了。她将手搭上门把手时忽然害臊，于是又打开隔壁配房的拉门，打算先叫醒七藏打听一下今夜的情况。然而，酩酊大醉的七藏一只脚伸出蚊帐，鼾声震天响。本应与他睡同在一个蚊帐里的喜三郎的铺盖却是空的。

阿关不管怎么摇都摇不醒七藏，实在不知该怎么办时，喜三郎竟忽然从外头进来了。他看见阿关后似是吓了一跳，愣在原地盯着她看了半晌。阿关越发尴尬，只好糊弄说自己是来加灯油的，匆匆逃出了房间。

但她还未死心，因此并未离去，而是悄悄躲在了外廊上。房内的七藏似是醒了，接着低声与喜三郎商量了些什么。不一会儿，拉门再度轻轻打开。阿关没能认出那人是谁，慌忙逃回了自己的房间。约莫一炷香的时间后，真正去添灯油的伙计就发现二层里侧的客房里出了命案。

阿关惧怕跟这件事扯上关系，故而对差役们只字未提。依前后情况来看，阿关潜入七藏房间时，喜三郎应当已杀人归来，与七藏密谋了些什么后再度离开，径直翻过院墙逃之夭夭了。当然，阿关坚称自己与那件事毫无关系，只因当时自己正好在凶手房间里，又忧心市之助的安危，这才从刚刚起便急得团团转。

"原来如此。我明白了。"半七听罢颔首道，"那么，那位武士呢？"

"方才还在这房中……"

"别瞒了。是在这儿吗？"半七朝壁橱扬扬下巴，问道。

声音虽低，但藏匿其中的人似乎还是立刻听见了。没等阿关回答，壁橱拉门便唰的一下打开，一位年轻的武士面色苍白地走了出来，一只手上还拿着刀。

"我乃小森市之助。方才砍杀罪仆正欲切腹之时，忽闻外头传来脚步声。我心知若遭拘捕，便是奇耻大辱，这才临时藏身壁橱。如今既然已经被你察觉到了，那也无可奈何。还请你宽宏大量，让我切腹谢罪。"说着就要重新持刀摆出姿势。半七急忙抓住他的胳膊。

"且慢！还请您莫要鲁莽。这七藏难道又折回了房间？"

"决意切腹之后，我便想净身，故而去浴殿洁面，后来便见这混账恶仆正将手伸至我被褥下，企图盗走钱兜带。横竖他难逃一死，我便就地砍杀了他。"

七藏手上确实抓着钱兜带。半七将他抱起一看，发现似乎还有一口气，于是姑且先让他含了醒神药，接着吩咐阿关取来凉水给他喝下。半七的救护起了作用，七藏悠悠醒转。

"你振作些！"半七俯在他耳边说道，"你小子，打算让我们也栽个跟头，是吧？着实是个混账玩意儿。那个叫喜三郎的给了你多少？"

"一文没有。"七藏虚弱地说。

"胡扯！你是收了钱后故意将他放跑的吧！这女侍就是人证！怎么，还想抵赖？"

七藏闻言不再说话，无力地垂下了脑袋。

"故事就到这儿了。"半七老人说。

"七藏并非一开始就与喜三郎狼狈为奸。他被阿关叫醒时，正逢喜三郎下手后回来。喜三郎自觉被抓了把柄，便给了七藏十五两金子封口，让他放自己离开。七藏本打算装聋作哑，谁知事情越发严重，主人甚至说要杀了他后切腹自尽，吓得他逃到了我们房间。原本立刻逃走便无事，谁知他又返回自己房间拿取行李，见主人恰好不在，贪念骤起，想顺道捞些好处，摸走主人的钱兜带，这才偷鸡不成蚀把米，害自己陷入了那般境地。他虽然清醒了一阵，但由于伤势实在太重，天亮后还是死了。"

"那他主人之后如何了？"我问。

"我给他支了个着儿，把过错都推到七藏身上，反正原本就是七藏惹的事，没什么不好。简单来说，就是宣称喜三郎那时说自己是七藏的亲戚，自己这才予以信任，临时雇他挑行李，总算是平安收场了。照理来说，即便情况确实如此，当主人的也该受到相当严重的惩罚。然而当时已是幕末，幕府也很爱惜直属家臣，故而此事都成了七藏的罪过，市之助没受任何责罚。"

"那个叫喜三郎的，最终也没有被抓到吗？"我又问。

"不，在奇妙的因缘巧合下，他最终还是落在了我的手里。小田原的骚动平息后，我便带着多吉去了箱根。多吉说隔壁温泉旅馆有个家伙很可疑，我便留心追查了下去，发现那人崴了脚。为防万一，我叫小田原松屋旅店的人过来躲在暗处辨认，结果他说那人确实是那晚下榻他们旅店的客人，我便立刻冲进去将他抓捕归案。据喜三郎招供，他当晚翻墙逃窜时失足跌落，扭伤了左脚，无法远逃，这才躲到汤本疗伤。能逮到他绝非我的功劳，只是意外之喜。回江户后，武士小森市之助特地登门致谢，我便将此事告知他，他听后甚为高兴。听说，他后来在维新期间于奥州白河[1]战死沙场。对他来说，与其在小田原的客舍里凄凉切腹，倒不如几年后轰轰烈烈地战死沙场。"

---

[1] 奥州白河：陆奥国白河藩，即现在的福岛县白河市。

07

鹰的去向

一

五月一个下雨的星期日，老人与我相对而坐，足足聊了小半天。因时节到了，我们便聊起了龟户天神[1]的紫藤，接着又从紫藤聊到藤娘[2]，从藤娘聊到大津绘，又从大津绘聊到鹰匠[3]。如果把以上对话巨细无遗地记录进本书，未免太过冗长，故而

---

[1] 龟户天神：指位于今东京都江东区的龟户天神社。神社内栽有大量紫藤，于每年四月下旬至五月上旬盛开，是东京有名的赏花地，自江户时代便享有"龟户五尺藤""龟户藤浪"的美名。

[2] 藤娘：大津绘的画题之一，描绘一个头戴黑笠、身穿紫藤图案和服、背后饰有紫藤的女子。亦有取材于藤娘大津绘的歌舞伎剧目及其伴奏长歌。大津绘是近江国大津（今滋贺县大津市）所产的民俗画，自江户时代初期起便远近闻名。

[3] 鹰匠：原本指江户时代为诸侯养鹰、驯鹰的人。此处指大津绘常见画题之一，描绘的通常是一位男子左手持鹰、回头张望的画面。

我还是将这些开场白全都省略，直接展开正题吧。

安政六年（1859）十月，半七去澡堂泡晨浴，此时手下一个小卒仓皇跑来，要接他回去：

"头儿，八丁堀老爷突然派人来叫您过去一趟！"

"知道了。我马上回去。"

八丁堀传唤并不稀奇。若是一般案件，八丁堀会通知捕吏直接赶赴现场。眼下既然特意召他去八丁堀宅邸，按半七多年的经验来看，许是要让他办什么秘密差事了。他立刻冲出澡堂，回家吃早饭、换衣裳时也在不停猜测此番唤他是为了何事。干这行的都有一种直觉。俗话说"三虫报信 [1]"，不时会预感成真。半七默然沉思，今早却没能想出个所以然来。由于完全不知什么案件，

---

[1] 三虫报信："虫が知らせる"，日语俗语，字面意思为"虫子报信"，意为预感有事发生，多为坏事。此句俗语中的"虫子"指道家的上尸、中尸、下尸三虫。道家认为，人体内有上、中、下三丹田，各有一神驻跸其内，于庚申日向天帝呈奏人的过恶。

半七只得忐忑不安地离开了神田。

八丁堀同心山崎善兵卫已等候多时，半七一来，便马上与他商议正事。

"喂，半七，咱们开门见山，有件差事想让你去办，你辛苦一趟。"

"遵命。敢问是何事？"

"这事有些棘手，涉及活物。"

虽然说纵火犯、杀人犯、盗贼都是活物，但此次既然专门用了这词，想必是指鸟兽虫鱼一类。半七有些意外，怪不得早晨一丝预感也没有。半七立刻低声回问道：

"是鹤吗？"

在江户时代，戮鹤是死罪，将处以斩刑或磔刑，故而杀鹤之人是重犯。半七一听涉及活物，首先想到的便是戮鹤，然而对方微笑着摇头。

"那是鹌鹑？"半七又问。

当时鹌鹑也容易惹事[1]。善兵卫依然摇头望着

---

[1] 当时品相上等的鹌鹑能卖到十两金子，十分珍贵。

他，好像故意要半七着急。

"猜不出来？"

"猜不出来。"

"哈哈，这可不像你啊。那活物是鹰。御鹰。"

"哦，御鹰啊。"半七颔首道，"御鹰逃了？"

"对，逃了。御鹰匠吓得面无血色。今早，他叔父跑到我跟前来苦苦哀求。此事非同寻常，没法放任不管。再说那鹰匠也怪可怜的，我想尽早了结此事，只是……"

所谓御鹰，是将军养的鹰。御鹰出逃，这对于鹰匠来说可是性命攸关的大事，按例是要切腹的，难怪他的亲属也跟着惊慌失措地四处奔走。

"那御鹰是在何处出逃，又是如何出逃的？"半七问。

"就是这点令人头疼。那御鹰是在妓馆逃走的。"

"宿场妓馆？"

"对，品川的一处妓馆，叫丸屋。"

据善兵卫说，事情的来龙去脉是这样的。昨

日午后，鹰匠光井金之助与两名同僚一同去目黑[1]方向驯御鹰。鹰匠为履行职责，时常要将自己照看的鹰隼放飞野外进行训练。鹰匠的俸禄历来只有一百俵，见习者则是五十俵。他们虽然地位不高，毕竟负责驯养将军家的鹰，常被人尊称一声"御鹰匠"，因而便仗着拳头上停着的御鹰横行霸道。他们就如画上那样，身着小纹[2]和服，头戴草帽，手着袖套，腿扎绑带，脚穿草鞋，小臂上架着御鹰，在江户市中穿行。若有人贸然经过身旁，他们便会以惊扰珍贵的御鹰为由向路人发难。发难者有多嚣张暂且不论，他们手上的鹰可是将军家的，没人能拿它如何，因此被污蔑惊扰御鹰的人大抵只能跪地赔罪。凡事均是如此。他们的眼神比手臂上鹰的眼神还锐利，四处盯着江户民众，不可一世地走在路上。

---

[1] 目黑：江户西南一带的地域名，今为东京都下辖的特区之一。

[2] 小纹：指和服上的细碎花纹，依印染技法有江户小纹、京小纹、加贺小纹等不同类型。

他们去野外驯鹰时，一般会在附近的妓馆里住一宿。与吉原不同，新宿、品川等宿场里的妓馆大多以旅店的名义营业，并让妓女以侍女的名义接客，故而这些地方也无法拒绝鹰匠们入住。他们一旦入住便会仗势欺人，不准妓馆接待其他客人。别说三味线、太鼓等乐器声，饶是有人疏忽大意从走廊经过，也会被他们以惊扰御鹰为由故意为难一番，因此馆中人不得不屏气敛息，小心伺候。妓馆当晚也只能婉拒上门的熟客，闭门歇业。对此，妓馆自然苦不堪言，只能小心翼翼地伺候他们，有时还免不了一番“孝敬”，让他们多多担待。前几日，三个御鹰匠住进了品川丸屋，三人有如烫手山芋，入住当晚便闯出了大祸。

　　三名鹰匠分别名为光井金之助、仓岛伊四郎、本多又作，均是二十一二岁的年轻人。丸屋方面也熟稔地遣了八重、阿玉、阿北三名妓女前去服侍，其中最为貌美的八重负责服侍金之助。金之助是三名鹰匠中年纪最小的，长相也不错，气度稳重。他们不是一般客人，因此女人们也服侍得小心翼翼，八重更是极其用心地款待年轻的金之助。她本以为御鹰匠都是横行霸道之徒，但见金之助纯情而又老实，心下竟觉得他不错。众人如此亲亲热热地过了一夜。到了早晨，三人准备离开时，八重与金之助开起了玩笑，粉拳对着男子又捶又打，嘴里发出咯咯的笑声。谁知与平素的仗势寻衅不同，八重此举似乎真的惊扰了珍贵的御鹰，只见它突然拍打双翅，挣断绑绳飞走了。丸屋位于品川宿场靠山一侧，加之八重房间的拉门正好开着，御鹰便就此飞了出去。

事发突然，两人愣怔嗫嚅之际，御鹰已不见踪影。伊四郎和又作闻讯也大吃一惊，急忙赶赴现场。事到如今，已无可奈何，三人怅然失色，恍惚地呆立在原地。当事人金之助简直吓破了胆，闯祸的八重也瑟瑟发抖，不知有怎样的重罚等着自己。

年长的伊四郎首先开口，说眼下只能先瞒下此事，再另想办法找到御鹰。如今也确实没有别的办法，因此另外两人附议。三人严厉封住丸屋众人的口后，匆匆回到了位于千驮木[1]的御鹰所。当事人金之助自然难逃罪责，同行的伊四郎和又作也不免遭到连坐。他们的族人立刻惊恐万分，聚在一起商议一番后，认为暗中请町奉行所帮忙调查是最快的法子，这才有了金之助的叔父弥左卫门求到山崎善兵卫面前的事。

详细说明事件的来龙去脉后，善兵卫叹息道：

"事情大致如此。如何？你可有办法妥善解决？虽然说是咎由自取，可上头若怪罪下来，当事人必定要切腹，同伴则或革职或闭门思过。总之牵连甚广，想想实在可怜。"

"是啊。这段时日，御鹰匠们的表现着实有些嚣张。"半七说，"一码归一码，事情既然发生了，总不能不解决，不然他们确实可怜。"

"可有办法？"

"毕竟是活物。"半七歪头思忖道。

所有活物中，飞鸟是最难处理的，更别说是

---

[1] 千驮木：今东京都文京区千驮木。

鹰隼这样身手敏捷的鸟类，根本无法判断行踪，想找到它们可谓难上加难，饶是半七也心中没底。

"我会想办法的。"

"好好想想吧。毕竟光井金之助的权父都一把鼻涕一把泪地来求我了。"

"遵命。"

半七虽应下差事，出了善兵卫的宅邸，但思来想去还是觉得此事难办。半七想起有个词叫"云里雾里"，挺符合当下的处境，毕竟是真要飞上天去寻东西了。即使是走在回神田的路上，半七依旧思索个不停。

"回家也没用，总之先去品川看看吧。"

半七改变主意，掉转脚步往南走去。这时节，天色惯常说阴就阴，一朵乌云好似酝酿着骤雨，已在他头顶铺开。

二

半七来到品川丸屋，见了老板，也见到了八重。老板不知自己会受何牵连，吓得瑟瑟发抖，八重更是面无血色。找的毕竟是鸟，其实也没什么可审的，但半七还是来到八重的房间，打听到御鹰飞走的方向后就离开了。

掀开丸屋的门帘走出店门后，半七又想，鹰似是往目黑方向飞的，金之助那时也是去目黑驯鹰的，如此看来，御鹰或许会降落在那一带。为防万一，半七决定往目黑方向探查一番，于是继续往那边走去，结果天色愈来愈差。

"会不会下雨啊？"

半七望着天空加快了脚步。若是一般的案件，如今应当整合多方线索合理推敲，以此推进搜查进程。此次事件毕竟特殊，半七也只能走一步看一步。虽然觉得是个笨办法，但半七眼下还是打算先去拜见各村名主[1]，问问村中是否有人见过或捕到了鹰。

古时平民是禁止饲鹰的。自镰仓时代、足利时代直至如今的德川幕府时代，这项禁令越发严格，规定私自饲鹰者死罪，告发者赏银五十枚。因此这一带的村民若目击或捕获了鹰隼，必须通报村名主。御鹰脚上绑了细绳，或许不会飞远，真有可能被这一带的村民捉到。半七便是想到这点，才决定先去拜访名主宅邸。

堤坝下，有两名女子正蹲在河川边清洗雪白的萝卜。半七瞧见她们，便打招呼道：

"请问贵村名主大人家在哪儿？"

两名年轻女子闻言转过头来，其中一人解下头上的手巾回答：

"要找名主大人，只要沿着堤坝一直走，右拐

---

[1] 名主：江户时代负责村、町日常行政事务的人，相当于中国古代乡镇的里正。身份一般为町中有财力的商人或农民头目。

234

后能见到一片大竹林，林间的宅子就是了。"

"多谢。还有……两位姑娘，你们可曾听说今早有鹰降落在此地？"

两位女子沉默不语。

"不知道？"

"不知道。"先前答话的女子说。

"哎，那多谢了。"

半七道谢后便离开了。他顺着女子的指点来到名主家，打听鹰的消息。对方回说村中似乎没人见过，也没人曾来报告。方才说过，普通人家不能饲鹰。名主明白，半七此行若是为了鹰，事情一定非常棘手，故而皱着眉头问道：

"那鹰可是御鹰所的？"

"对，是千驮木御鹰所的。"半七坦率答道，"但是此事必须秘密探查，还请您多加注意……若有什么线索，请悄悄知会我。"

"明白。"

半七一再嘱托名主后离开宅邸。天色愈来愈阴沉，半七心里闪过一个回去问名主借把伞的念头，随即又觉得麻烦，于是接着快步往前走，结果又遇上了方才河边的那两名女子。

"两位，刚才多谢你们了。"

女子默默点头致意后就走了。半七行至村郊时，雨点终于落了下来。他用手巾裹住头，疾步前行，忽见路旁有家小小的荞麦面铺，打算进去避个雨，于是掀开了门帘。店里四十来岁的老板娘用一块抹布般的手巾擦着手，迎了出来。

"客官里边请。您要点什么？"

"嗯。"

半七一边应着一边打量店内，想着这又小又破的店恐怕做不出什么好东西来，便中规中矩地点了碗花卷荞麦面[1]。五十多岁的老板从里头出来，与半七寒暄着，来到了锅炉前。半七背靠被炭火熏黑的墙壁，默默吸着烟。外头的阵雨越下越大，行人稀少的大街上时不时传来奔跑的脚步声。不一会儿，一名男子像被大雨追着跑似的冲了进来。

---

[1] 花卷荞麦面：撒有油炸海苔的荞麦面。

"唉，这雨太大了，太大了！完全没料到会下成这样。"

男子的斗笠边沿不断滴着水，他一身轻装，手着袖套，腿扎绑带，手里还拿着一根分节的长竹竿。见那竹竿上粘了大量粘鸟胶，半七立刻明白他是捕鸟人。他似乎时常光顾面铺，与老板夫妇相熟，彼此非常熟稔地打了招呼。铺内狭窄，男人在半七面前坐下，边摘下湿漉漉的斗笠，边点头打招呼：

"今儿天气真差。"

"是啊。"半七也点头致意，"尤其对你们这行来说就更发愁了。"

"可不是嘛。粘胶会被淋湿。"捕鸟人回头看着腰间的鸟笼说。

"你是千驮木那边的，还是杂司谷那边的？"

"千驮木那边的。"

德川家的御鹰所有千驮木和杂司谷两处。捕鸟人隶属御鹰所，负责每日辗转于江户市中与市外，捕捉小型鸟雀充作御鹰饵食。眼下自己正在追查御鹰去向，碰巧就遇上了捕鸟人，甚至与御鹰同属千驮木，半七忍不住猜测这里头有什么因缘巧合。当然，这捕鸟人定然不知道御鹰丢失一事，那自己该不该将此事透露给他？半七迟疑了一阵。捕鸟人似乎已五十二三岁了，个高肤黑，瞧着是个壮实老人。

他要了份素汤荞麦面吃了起来。看着自己面前撒着一层浅草纸[1]般海苔的荞麦面，半七也将就着吃了起来。捕鸟老人斜眼觑着半七难以下咽的表情，笑道：

"这一带的荞麦面不合江户人的口味。我们要为官家做事，别无选择才来这样的小店。不过东奔西跑了一早上，肚子空空的时候，竟也觉得这面香得很，哈哈哈——"

"确实。江户人实在不该莫名其妙地乱讲究。"

两人由此打开话匣子，融洽地交谈了起来。

---

[1] 浅草纸：江户时代浅草山谷一带生产的杂用纸，颜色较黑，广泛用作手纸。

外头大雨还未停歇，两人便是一同躲雨的闲聊对象，抽着烟天南地北地聊着。半七像是忽然想起了什么，问道：

"方才您说您是千驮木的，敢问组内可有叫光井的？"

"有，光井家有一位弥左卫门和一位金之助，两位都在职呢。您认识？"

"我见过一次那位叫金之助的，年纪很轻，又稳重……"半七含混地应了几句。

"对，他确实是个挺老实的人，"老人点头道，"在组里名声也好，往后或许能谋个管事的职位。"

看来捕鸟老人做梦也不会想到，那个金之助竟惹上了大事，一步踏错便要切腹。接着聊下去，半七发现这位老人似乎颇为中意光井金之助这个年轻鹰匠，言辞中多含有希望他出人头地的意味。鹰匠与捕鸟人职务上的联系历来密切，实际上关系并不好，因此鲜少有鹰匠受到捕鸟人称赞。这位捕鸟老人不但对金之助丝毫不吝夸耀之词，而且有一种独特的亲密感。于是半七起意，不如笼络老人，让他帮帮自己的忙吧。

"您今儿可是一大早就出了千驮木？"

"六刻半（早上七时）前后出来的。"捕鸟老人回答。

"这么说，您完全不知光井公子的事？"半七低声道。

"光井公子怎么了？"

"我私下告诉您，光井公子今早不慎让御鹰逃了……"

老人脸色陡然一变。

"在哪儿丢的？"

"在品川一家叫丸屋的妓馆二楼……"

"丸屋……"老人更加紧锁双眉。

听半七说完御鹰脱逃一事的来龙去脉后，老人重重叹了口气。他一筹莫展地垂着头，好一阵子没有开口。他脸上的愁苦实在太过深重，让半七也感到些许意外。他不禁怀疑这位老人与年轻鹰匠之间已然不是一般的亲密，而是有某种特别的关系了。

此时，有名年轻女子自后门进店，在锅炉前烘干被雨打湿的衣袂和下摆。半七不经意一看，发现她正是此前在河边遇见的两名女子之一，也不知途中绕去了哪里，如今才刚刚回家。她年纪二十来岁，皮肤白皙，身材微胖，是个天真无邪的姑娘。她见了半七，默默点头致意。

"咱们真有缘，时常碰见。"半七笑道，"你是这家的姑娘？"

"是。"女子这才开口，"您找到名主家了吗？"

"找到了，找到了。"

两人的说话声似让捕鸟老人回了神，他下意识转头往姑娘方向看去。姑娘默默点头招呼老人，然而在看清老人的脸后，眼神倏然一变，这一点没能逃过半七的双眼。

老人再度颓然垂首，女子依旧目光不善地紧盯着老人。

三

女子眼内若有深意地窥伺着老人，老人则垂头默然不语。半七虽不知这里头有何内情，但见老人实在太过窘迫，无法坐视不管，便小声刺激他道：

"老伯，事到如今，咱们在这儿兀自苦恼也没用。我是神田三河町的捕吏，叫半七，其实正受八丁堀老爷的吩咐秘密追查此事呢。我瞧您和光井公子似乎很熟，所谓'狗是伴，鹰也是伴[1]'，咱们也算是同伴了，可否请您施以援手，设法早日寻到那只御鹰？只要平安寻到那只出逃的鸟儿，万事便迎刃而解了，您说是不是？"

---

[1] 日本谚语，指鹰猎时狗和鹰虽受到不同的待遇，但都是侍奉同一主人的同僚。后比喻虽身份地位不同，但双方目的相同，应当和睦相处。

"对、对！"老人似受到了鼓舞，点头道，"如今没有别的法子了。只要我能做到的，我一定帮忙！还请您尽早寻出御鹰的下落！我也在此恳求您了！"

"只要您肯帮我，所谓内行知门道，我也能大受助益。刚好外头的雨也差不多停了，不如咱们边走边聊？"

半七连同捕鸟人的账也一并付了，老人有些过意不去地道谢，跟着半七一同出了店门。捕鸟人也与鹰匠一样，平素仗着自己为公家办事而横行霸道。可眼下他有求于半七，因而表现得极为老实。两人踩在雨后的田间小径上，挑好走的路走。

"你认得面铺的那个姑娘？"半七边走边问。

"对。我不时光顾那家铺子，与那里的老板夫妇和女儿都熟。那姑娘叫阿杉，前阵子还在外头做事呢。"

"她二十来岁了吧？"

"好像是。她本人并不想请辞，但家里硬要

她辞。听说今年春天将她带回家来了，不过高不成低不就的，一直没觅到良婿，至今还是孤身一人呢。"

"她以前在哪儿做工？"

"听说是在杂司谷一个叫吉见仙三郎的御鹰匠家中，所以才与我熟识……"

"那个叫吉见的大约几岁？"

"二十三四吧。"

"还是单身？"

"他与我不同组，所以不是很熟，应当是娶了妻的。对了，对了，阿杉曾提过他有夫人。我时不时能碰见吉见公子。他肤色浅黑，品性不错，是个八面玲珑的人。相对地，听说人也风流浪荡……"

"原来如此。"半七边听边点头，"那姑娘在吉见公子宅中侍奉了几年？"

"据说十七岁就入府做事了。"

"杂司谷组的人是否也会来目黑方向驯鹰？"

"时不时会来。"老人回答。

半七驻足思量了一会儿，接着左右张望一眼，悄声说道：

"老伯，可否辛苦你再回那荞麦面馆一趟？"

"这——"老人疑惑地望着半七，"莫非落了东西？"

"哈，确实落了个大物件。"半七微笑道，"你这笼里好像只有三四只鸟雀？"

"今早出来迟了，完全捕不到鸟。"

"嗯，三只虽也够用，但可否请你再去捕个两三只？"

"这时辰鸟儿们应该都聚在这一带了，两三只的话，不用多久便能捕到。"

"那就有劳你了，可否请你先去那边捕个两三只？越多越好。"

老人虽然不解其意，但还是应承下来，开始重新揉捏竹竿上被雨水沾湿的粘胶。乌云过境，初冬和煦的日光将路旁的茅草屋顶照得微亮。

"正好太阳出来了。照这天气看，捕两三只鸟雀一定没问题。"老人仰望着天空说，"越多越好吗？"

"话虽如此，倒也不需要二三十只，有个五六
只十来只的就足够了。我要先回那家荞麦面铺，
请你捕够了鸟儿就立刻过来。"

两人约好之后便分开了。半七一回到荞麦面
铺前，便见阿杉从门帘中探出头，心有所虑地往
这边窥探。

"喂，这位姑娘，我找你有些事，可否请你过
来一下？"

半七向姑娘微微招手，喊道。阿杉有些迟疑，
片刻后还是下定决心出来了。两人站在大朴树下，
望着脚边戏耍的鸡，小声交谈起来。

"姑娘，你是叫阿杉吗？"半七先问。

阿杉默默点头。

"我是神田的捕吏半七，眼下问话是为了公务，
还请你如实回答，否则我会很为难，明白了吗？"
半七先给了她一个下马威，接着问起她在吉见府
上伺候时的事。

阿杉都照实答了。她说自己十七岁那年春季

进杂司谷的吉见府邸侍奉，至今年二月的换雇季辞了差事回家。吉见仙三郎是赘婿，五年前与岳家女儿千江完婚。但千江常年病弱，夫妇膝下至今未有子嗣。

"你回家是为了招赘吧？"半七笑问道。

"确实是因此无奈请辞的。"

"那为何还不说亲？难道是没有心仪的？"、

阿杉面色微粉，没有说话。

"那吉见公子时常来看你吧？"

阿杉警觉地瞪了半七一眼，又立刻低下头。

"是吧？那位吉见公子昨晚来了吗？来了吧？"

阿杉依然不吭声。半七伸手搭上她的肩膀道：

"嗯？真来了？不要隐瞒。"

"没有。"

"真没来？"

"确实没来过。"阿杉干脆地回答。

"你可别诓我，否则会惹祸上身。吉见公子真的没来？"

"公子从没来过。"

半七一言不发地望着阿杉。此时脚边的鸡突然打鸣，阿杉下意识抬起了头，只见她的脸色不知何时已是煞白。

看来阿杉瞧着虽老实，实则嘴巴很紧，半七心想，继续盘问恐怕也难有结果。当然，半七也可以设法将她押走，进行正式审问。然而此地不受町奉行管辖，而是郡代[1]的辖地。若要公然审问阿杉，必须将她带往郡代府宅。如此一来，御鹰丢失一案便会见光，日后即便找到了御鹰去向，光井金之助等人依然难逃罪责。半七认为那样反而会弄巧成拙，只好暂且放过阿杉。

"好，我知道了。此事瞒着你阿父阿母就好。"

阿杉如同挣开罗网的鸟儿一般，略一躬身便匆匆走了。半七目送她掀开门帘进门的背影，接着来到两三家外的杂货铺，只见年轻的老板娘正

---

[1] 郡代：江户时代设置在幕府直辖领地中负责税务、司法、军事等民政的地方行政长官，其地位在地方官吏中较高，俸禄一般在 10 万石以上。江户时代中期以后常设关东、美浓、西国、飞驒等四郡代。

在火盆前缝衣裳。

"有没有麻里草鞋？"

"客人请进。"老板娘放下针线起身出来，"像样的正好都卖完了……"

"随便拿一双就行。方才那阵雨弄得路上全是泥水，你拿双结实的给我就好。"

半七心下明白这里大约买不到中意的鞋履，便挑了一双现成的麻里草履。他坐在店头换鞋，同时问道：

"老板娘，那边荞麦面铺的女儿以前是在杂司谷做事吧？"

"您知道得真清楚……您说得没错。"

"我也是那一片的人，所以知道。那姑娘是在御鹰匠吉见公子的宅邸里伺候吧？"

"没错。"老板娘点头。

"那她为何不干了？"半七故意歪头疑惑道，"没道理呀……"

"阿杉姑娘不想走，是她父母硬要她走的。"

"我就说嘛。夫人病弱，当家的怎会赶走婢

女呢？"

老板娘有些惊讶地望着半七，片刻后又笑了起来。

"呵呵，看来您什么都知道。"

"那可不？方才也说了，我就住在那儿附近。"半七笑道，"那姑娘至今没有招赘便是因为那事吧？嗯？是吧？"

老板娘露出若有深意的笑容。

四

在半七的试探下，杂货铺老板娘终于打开了话匣子。据她说，阿杉十七岁那年春天进吉见府宅伺候，主母病弱，她便与男主人有了关系。阿杉的双亲不知此事，想着不能老让适婚的闺女在外头做事，要她必须回家招个门当户对的上门夫婿，并且不顾女儿的反对将她带了回来。由于阿杉与她主子之间的秘密关系，她硬是不肯招赘，并且宛如表决心一般不肯帮忙打理家中店铺，于是这阵子父母与女儿吵个不停。

"可她方才还在河边洗萝卜呢？"半七说。

"这点小活她还是会做的……"老板娘微笑道，"住在这一带，多少都得干些那样的小活。话说回来，听说她以前的主子时不时还会过来找她。"

"直接去那边铺子里？"

"不，她爹娘为人古板，做不来那样的事。他们是去这前头的阿辰家，呵呵呵——"

老板娘心中似也有几分艳羡两人的恋情，竟将这种秘密也抖了出来。她口中的辰藏是一家小食肆的老板，品行不端，爱赌小钱。虽然说是家小食肆，但他家只有老母和一个小婢女，也不知阿杉是怎么求他的，总之时不时借他家地方与旧主人幽会。此事街坊邻居都知道，奇怪的是，阿杉的爹娘似乎不知情。老板娘若有深意地说，此事万一让她爹娘知晓，恐怕会出事。

"原来如此，他们倒是风流。明明再走一段去"不动"[1] 前那一片还有更多茶馆……"半七笑道。吉见的俸禄不过一百俵，又好酒色，手头一定紧张。半七心忖，或许这一带的小食肆正适合他们。

如此算是证实了阿杉与吉见的关系。半七又问老板娘，吉见昨晚是否也来见阿杉了。老板娘

---

[1] "不动"：泷泉寺。天台宗寺院，供奉不动明王，故而又称"目黑不动尊""目黑不动"，位于今东京都目黑区下目黑。

回答这自己实在不知。此时，半七见到远处捕鸟人正往这边来，便走出店外招呼他，只见老人抱着粘竿小跑过来。

"我捕了这么多。"

老人铆足了劲四处捕鸟，如今笼中挤着十二三只倒霉的鸟雀。

"抓了好多啊。"半七笑着说，"有这么多足够了。不过，这些鸟雀的羽毛上都粘着粘胶，这还能飞吗？"

"有能飞的，也有不能飞的。"老人说，"这些粘胶终归是要洗掉的，总不能粘着胶就喂给御鹰吃。"

"能在这儿洗吗？但不能让它们逃了。"

"那有什么不能的。"

"是吗？不过，还是先别洗了，咱们走吧。"

"要去哪里？"

"就这前头的一家小食肆。"

半七悄声对老人说了些什么，后者顺从地点头。半七付了草履的钱，先走出杂货铺，不一会儿便来到了辰藏的铺子前。这小食肆似乎兼营杂货，角落里整齐地摆着草鞋、茶色团扇等物什，另一边的狭窄泥地上则放着两三个马扎。泥地尽头有个四叠半左右的小房间，站在铺外望进去，依稀可见熏黑的房间拉门半开着。铺子口的柳树上拴着一匹驮马。此时，铺内突然传来谩骂声：

"混账！你这不要脸的东西！当初说好三天，如今都过了五天了！"

半七往里探看，只见方才破口大骂的是个三十五六岁、面色赤红的大汉，那打扮一看便知是个赶驮子的。与他争辩的也是个年纪相仿的男子，皮肤黝黑，个头不高不矮。半七心想，他大概就是店主辰藏了。

"骗子、无赖！你不知诓了我多少次！你以为老子还会吃你这套？赶紧把钱交出来，一个子儿也不能少！"马夫气势汹汹地咆哮道。

"我没骗你，只是眼下还没拿到，让你再宽限我几天。左邻右舍都有人呢，别那么大声嚷嚷。"辰藏笼着自己的衣襟，说道。

"有什么好宽限的？你就是个没脸没皮的骗子！这事连不动明王[1]都知道，左邻右舍也都知道！若是不服气，你就把钱交出来！"

"都说了让你再等两天。"辰藏若无其事地说，"不过欠了你几个赌资，总不能拉我去名主或郡代面前吧？你怎么闹都没人理你。行了，你老老实实等到明天。今日之内我必有钱财入袋。"

"这谎话我都听腻了。老子当初着了你这混账的道，如今还能再傻乎乎地等着？赶快还钱！你既然撑得起这么一个店，可别说拿不出区区一贯[2]二百文！"

马夫揪着辰藏的衣襟又推又撞，辰藏也脱下短褂站起身。一旁有个十四五岁的少女呆愣愣地站着，许是对方过于气势汹汹，她也不知该如何

---

[1] 不动明王：亦称"不动尊菩萨"，为佛教密宗五大明王主尊、八大明王首座，大日如来的教令轮身。其形象周身多呈青蓝色，右手持智慧剑，左手拿金刚索，右眼仰视，左眼俯视，周身火焰。一般以怒相示人，降伏内心诸魔障。

[2] 一贯为一千文。

规劝。屋内没有貌似辰藏老母的身影。

　　从两人的问答来看，马夫似乎是来催要赌债的。照眼下这情况看，两人必定要闹出一番动静来才能收场，于是半七默默在外面观望。只见两人果然抡起拳头扭打起来。论力气，马夫比较占优势，只见他一下扭住辰藏的右手，将他按倒在马扎上。不料马扎往旁边一歪，马夫和辰藏一上一下地双双滚落泥里。半七再也看不下去，走进铺子喊道：

　　"喂、喂，这是怎么了？我们可等了一阵子了。架放到往后再打，先招待一下客人如何？"

　　但这话似乎没能传进极端亢奋的两人耳中。半七"啧"了一声往里走去，先一把按住马夫的手。马夫正打得红了眼，右手忽然被惯于制伏凶犯的半七按住，于是挣扎个不停。

　　"冷静！你这样会妨碍店家做生意。我方才听见了，赌债是吧？哪至于像这样催逼，多没人情味。店老板都说今日一定会有钱财进账了，不如就由我来居中仲裁，你就再等等吧。"

马夫默默望着半七的脸，见他身手也好、着装打扮也好、说话口气也好，都莫名让人感到畏惧，便一声不吭慢吞吞地离开了。

"喂，等等，王八羔子！"

辰藏跳起来作势要追，半七又将他按住。

"你也是，没个大人样，好好冷静冷静，这儿还有两个客人呢！"

辰藏虽是个无赖赌徒，毕竟是做待客生意的，不能对着客人露苦脸。加之那马夫已解下驮马走了，他也不能丢下眼前的客人追出去，只得拍拍衣服上的泥尘，摆出笑脸。

"真对不住，让你们见笑了……"

"我看你也是个经过事儿的，怎么能和那个马夫吵吵闹闹的。"半七笑着坐到马扎上。

"真是对不住……"辰藏扶正了歪向一边的发髻，解释道，"熟人家中有人突发急病，我阿母过去帮忙了，故而眼下虽过了正午，却还什么都没准备……不如两位先在这儿喝杯茶，再出去找家别的店吧。"

他示意小婢女端来烟盘和茶水。半七扭头望向门外招呼道："老伯，你也过来喝杯茶吧。这店家说，眼下什么吃的都没有。"

捕鸟老人将粘竿靠在檐下放稳，走了进来。辰藏一见他，双眼顿时警觉。

五

"嚅，好大的银杏啊。"

半七饮着茶望向大街。方才没能注意到，原来这铺子斜对面有个貌似小神龛的建筑，前面空地上耸立着一棵甚为高大的银杏树。骤雨洗刷过后的冬季树叶在渐渐放晴的天光下闪烁着美丽的金光。

"叶子落得满地都是，伤脑筋得很。"辰藏说。

"不过，银杏还是冬季好看。"

半七踩着新草履走过泥泞的道路，来到那棵银杏树下。他漫不经心地望着脚下堆起的一大片金黄落叶，随即抬眼望向高高的树梢，接着又俯身捡拾了一片落叶，最终返回铺子。

"喂，老板，这阵子可有人爬过那棵银杏树？"

"不，应该没人爬过。"辰藏回答。

"可树上断了些小枝杈，而且从下往上直直断了一路，瞧着像是有人爬过。这一带没有猴子吧？"

"没有。"辰藏无奈地笑道，"许是附近孩子爬上去摘银杏果吧。我们这里皮孩子多。"

"或许吧。"半七笑了，"还有，我在树下捡到了这东西……"

那是一根小小的鸟羽。辰藏不禁探头打量。

"是鸟羽。"

"看着像鹰的羽毛。老伯，这可是鹰羽？"

捕鸟老人仔细观察了一番半七递到眼前的灰黑色小羽毛。

"是，的确是鹰羽。"

"照这样看来，应该是鹰降落在那棵树上……"半七指着树梢说，"脚上的绳子钩住了树枝导致它无法起飞，接着有人爬上树将它捉了。我猜大致如此吧。小枝杈被折断，树下落着鹰羽，这么猜应该是最合理的。"

说着，他回头瞪视辰藏，后者哑然怔立原地。

"这的确是鹰羽，不会有错。"老人重复道。

"是吗？"

半七突然起身，用力抓住了辰藏的胳膊。

"来吧辰藏，从实招来！你今早抓了落在那棵银杏树上的鹰吧？"

"您说笑了……我不知道这事。"

"你不知？那我还有一事要问你。昨晚有一位杂司谷的鹰匠宿在你家了吧？"

"没……没有的事。"

辰藏哆哆嗦嗦地辩解道。他毕竟不是个正派人，似乎已察觉了半七的身份，如今变了脸色，战战兢兢。半七谅他也不是个多有胆量的歹人，便继续责问道：

"怎么，瞧不起我？我可不是会让你们无端蒙蔽的人。杂司谷的鹰匠吉见仙三郎和荞麦面铺的阿杉常在你家幽会，这点我也清楚得很。那鹰究竟是不是你抓的，从实招来！"

"头儿，您这不是为难我吗？"辰藏的声音越发颤抖，"我真的什么都不知道。"

"还嘴硬？你应该也知道，抓了鹰是死罪，要掉脑袋的！不过我也有苦衷，所以只要你乖乖把鹰交出来，这次我就私下了事，放你一马。还是说，你想跟我一起去郡代府宅？想怎么样，你自己选吧。"

"可是头儿，这儿又不是独栋大宅，附近住着那么多人呢，折断树枝也好，鹰羽掉落也好，也不一定就是我干的呀？我真的什么都不知道。"

"别找托词。就算不是你亲自下手，你也一定逃不了干系。你说今日之内一定有钱财进账，是打算将那鹰卖掉吧？快说！鹰是你抓的，还是吉见抓的？"

辰藏被半七按坐在马扎上，又不吭声了。此时，铺门口传来一些声响。眼尖的半七快速回头一看，只见阿杉不知何时来了，正躲在柳树背后全神贯注地往这边偷看。她一见半七的脸，立刻回身拔腿而逃。

"王八羔子，真会挑时候！"

半七推开辰藏冲出铺门。阿杉跑得飞快，俨

然已奔出了三四间距离。半七急中生智，一把抓起靠在檐头的粘鸟长竿飞奔出去，一边追赶，一边用竿头按住了阿杉头顶。这可不是小孩用来粘蝉或蜻蜓的粘竿，而是正经捕鸟人的粘竿。只见阿杉的右侧鬓发至银杏返[1]髻根部位置都粘上了粘胶，她动弹不得，如鸟雀一般被半七的粘竿捕获。她慌慌张张地想用蛮力扯开粘胶，此时半七已丢了粘竿追了上来。

"来！"

半七拽着阿杉来到辰藏的铺子里。捕鸟老人头一回见有人用粘竿捕人，惊得目瞪口呆。

"好，两个人都凑齐了。来，从头开始坦白吧。喂，阿杉，你为何来这儿偷窥？其实你昨夜就宿在这里，什么都知道吧？鹰是谁捕的？"

半七威胁他们若不招供便是死罪。阿杉毕竟是女子，首先败下阵来。辰藏也无法再蒙混下去，

---

[1] 银杏返：日本江户幕府末期十几岁少女及伎乐伶人梳的一种发髻。明治以后，三十岁以上女人也开始梳此发髻。

坦白了一切。正如半七所料，吉见和阿杉昨夜在辰藏家幽会。今早吉见正要回府时，忽然有一只鹰降落在银杏树梢上，脚上的绳子似乎挂住了树枝，使它无法再起飞。吉见见状立刻爬上树梢。由于平素已惯于驯鹰，此刻他顺利将鹰捉了下来。

原本他只要将鹰送至郡代府宅或带回杂司谷去便无事，谁知辰藏在他耳边吹起了风。他诱惑吉见，说村里有人想求购鹰隼，只要暗中将鹰卖给他便能拿到一大笔钱。囊中羞涩的吉见听罢，顿时心动。买家是村中一位大地主，名唤当兵卫。他明知饲鹰是重罪，但自古以来，手握大财之人总想僭越，因此也想养只鹰试试。辰藏早就知道此事，此番极力怂恿吉见。两人当场商定，以一百五十两的价钱将鹰卖给当兵卫。

议定之后，吉见便回了家，辰藏则将鹰送至当兵卫家，并约好第二日交接货款。

"很好，这下弄明白了。"半七听罢两人的供述后说，"辰藏，你立刻领我去当兵卫家，阿杉则回家老实待着。"

正当辰藏带头走出铺门时，半七好似忽然想起了什么，回头对老人说："后头还要办件事，需要准备一下。出发之前，可否请你将那些鸟雀的羽毛洗干净？"

"明白。"

得知御鹰下落后，捕鸟老人顿时劲头十足，他让辰藏打来清水，将笼中鸟雀一只一只抓出来洗净。这已是老人每日干熟了的差事，不一会儿他便将鸟羽上的粘胶洗得一干二净。

"如此便能顺利放飞了吧？"半七确认道。

"一定可以。"

"那就万事俱备了。来，我们走吧。"

三人立刻来到当兵卫家。当兵卫家门口是一处巨大的冠木门[1]，四周围着矮树篱笆，外面有一条小溪流过。半七驻足，问辰藏道："你方才送鹰过来时，见过这家家主吧？"

---

[1] 冠木门：两根木柱上搭一根横木，没有屋顶的"廿"形门。

"见过。"

"怎么处置的那鹰？"

"他说没有笼子，姑且将它关到土仓房。"

"嗯，他定是将鹰藏起来了。这家里有几座土仓房？"

"应该有五座。"

半七走进大门，唤出家主当兵卫。

"公差办案，立刻打开家中所有土仓房大门。"

当兵卫战战兢兢似想辩解，半七撺着他带自己去了里面的土仓房。听闻是公差办事，当兵卫吓得缩头缩脑，一一打开了五座土仓房的大门。

"仓房太大，没时间一一细查。老伯，有劳你了。"

收到半七的眼神示意，捕鸟老人上前几步，从笼中抓出两三只鸟雀，自门缝投入仓房内。第一、二座仓房毫无动静，第三座仓房也一片寂静。半七叫老人留心，一行人走向第四、第五座土仓房半掩的大门。

老人放出手中的三只鸟雀，鸟雀飞入第四座

仓房，少顷，里头传来了猛烈振翅的声响。半七与老人对视一眼，立刻钻过门缝冲入其中，只见昏暗的仓房一隅有一双鹰眼闪着锐利的光芒。御鹰频频振翅，正盯着仓房内四下乱飞的鸟雀，欲要伺机捕捉，可它的爪子被绳子捆得太结实，似乎无法自由起飞。经验老到的捕鸟老人凑近解开它的束脚绳，只见猎鹰立刻起飞抓住了一只猎物，另外两只鸟雀则侥幸飞出了仓房。

接着，猎鹰乖顺地返回，落在老人的拳头上。老人解释道，这鹰因全身布满白斑点而取名"雪山"，是一只名鸟。

此事若见了光，必是大案。

当兵卫一定会被处死，辰藏也死罪难逃。阿杉因是女子，加之并非直接案犯，或许只会被逐出江户。而捕获御鹰又将之转卖的吉见仙三郎因严重失德，也必然免不了一死。至于夜宿妓馆，不慎丢失教养御鹰的光井金之助，恐怕不得不切腹。只因为一只鸟，竟要有四人殒命，半七想想便觉得可怕至极。所幸此事一开始便是秘密调查，加之鸟儿也平安回来了，半七便对当兵卫和辰藏说：

"算你们走运。今日之事绝对不可外传。万一传扬出去，你们的脑袋就保不住了！"

两人立刻跪地磕头。捕鸟老人也泪流满面地拜谢半七。

如此过了两日，捕鸟老人造访半七位于神田的家宅，一再向他致谢。接着又说，当事人光井金之助及其叔父弥左卫门日后也将登门拜谢。

"不必客气，这是我职责所在，无须如此言谢。"半七回答，"不过你很关心光井公子呀，莫非你与他特别亲近？"

"是。因为是您，我便老实说了。其实我有个将满十八岁的女儿……"

"将满十八的女儿……你的女儿一定很漂亮吧？可这光井公子还夜宿品川那种地方，着实可气。你就跟他说，他的事情能顺利解决，多亏了你女儿，哈哈哈——"

半七开怀笑道。